AF139309

Rüdiger Fröhlich/Jörn Hinrichsen

Dunkle Geheimnisse

Ein Thriller aus Kiel

Zu diesem Buch

Rüdiger Fröhlich und Jörn Hinrichsen schrieben diesen Roman nach dem Vorbild der legendären schwedischen Krimiautoren Sjöwall und Wahlöö, Kapitel nach Kapitel wurde vom jeweils anderen konzipiert.

Eine Oberstufenschülerin wird erst vermisst, später tot im Nord-Ostsee-Kanal gefunden. Kommissarin Kathrin van Busche wird in Abwesenheit ihres Chefs mit der Leitung der Ermittlungen beauftragt. Auch der Pinneberger Detektiv und ehemalige Kommissar Alexei Gromow macht sich auf die Suche nach der Verschollenen und unterstützt die Kieler Kripo mit seinen unkonventionellen Methoden. Ein Wettlauf gegen die Zeit beginnt...

Der vierte Fall von Kathrin van Busche und der zweite mit Alexei Gromow an ihrer Seite.

Zu den Autoren

Rüdiger Fröhlich
(Foto: Sven Böckmann)

Rüdiger Fröhlich wurde 1968 in Hamburg geboren. Er studierte in Kiel Sportwissenschaften, Pädagogik und Psychologie und arbeitet heute als Journalist. »Dunkle Geheimnisse« ist sein vierter Kiel-Krimi und der Fortsetzungsroman der ersten drei Fälle von Kommissarin Kathrin van Busche, die unter den Titeln »Der Code des Lebens«, »Die Beute Mensch« und »Der Pate von Jeju-Island« veröffentlicht wurden.

Jörn Hinrichsen
(Foto: Florian Merdingen)

Jörn Hinrichsen wurde 1968 in Berlin-Wilmersdorf geboren, wuchs in Hamburg auf und studierte in Kiel Deutsch und Sport auf Lehramt. Er ist verheiratet, hat einen Sohn und eine Tochter und lebt in der Holsteinischen Schweiz, wo er in Plön als Lehrer tätig ist. Diese Gemeinschaftsproduktion ist sein zweiter Roman. Rüdiger Fröhlich und er lernten sich im Studium kennen und teilten sich die erste Wohnung.

MIX
Papier aus verantwortungsvollen Quellen
Paper from responsible sources
FSC® C105338

FSC
www.fsc.org

Rüdiger Fröhlich/Jörn Hinrichsen

Dunkle Geheimnisse

Ein Thriller aus Kiel

Bibliografische Information:
Die Deutsche Bibliothek verzeichnet diese Publikation in der
Deutschen Nationalbiografie; detaillierte bibliografische Daten
sind im Internet unter http://dnb.ddb.de abrufbar.

März 2015
© 2015 Rüdiger Fröhlich/Jörn Hinrichsen
Herstellung und Verlag: BoD – Books on Demand, Norderstedt
Umschlaggestaltung und Illustration: Jörn Hinrichsen
Printed in Germany   ISBN 9783734767579

www.kiel-krimi.de

Inhalt

Für Hans

Todeshauch

Sie ließ sich langsam in die Badewanne gleiten, ganz vorsichtig, um sich allmählich an die Hitze des Wassers zu gewöhnen. Es war an der Grenze zum Erträglichen, aber sie hasste sich selbst und hoffte, der Schmerz würde sie ablenken. Doch die Erinnerung war zu frisch, zu unmittelbar. Sie bekam trotz der Hitze eine Gänsehaut und sank langsam immer tiefer, bis nur noch ihr Kopf aus dem Wasser guckte. Der Nacken lag auf dem Rand der Wanne und sie hatte die Augen geschlossen. Ihr langes rotes Haar fiel über die Seite ins Nass und kitzelte am Hals. Sie war keine Schönheit wie andere Mädchen aus ihrem Jahrgang, aber sie hatte offensichtlich eine ungewöhnliche Anziehungskraft auf Männer, auf ältere Männer. Mit ihren 1,80m fiel sie auf jeden Fall auf und ihre schlanke Figur wirkte manchmal noch unreif und linkisch. Das heiße Wasser lenkte sie kurzfristig tatsächlich ab, ihre Haut schien zu glühen und die Farbe ihrer Haare anzunehmen. Doch der seelische Schmerz war viel größer, er überlagerte alles. Er hatte ihr versprochen, dass es heute das letzte Mal wäre. Aber das hatte er schon oft. Was sollte sie machen? Sie gab sich ihm hin wie schon so oft, eher kalt als leidenschaftlich, mit zusammengekniffen Lippen, zwischen die er brutal seine Zunge zwang. Sie traute sich nicht, sich wegzudrehen, denn dann würde er sie schlagen. Nicht ins Gesicht, dafür war er zu schlau, aber in die Nieren, den Magen. Immer so, dass nichts zu sehen war, dass der Schmerz sie aber gefügig machte. Sie hatte schon lange aufgegeben. Dafür hasste sie sich umso mehr. Manchmal wollte sie am liebsten von der Holtenauer Hochbrücke springen, über die sie jeden Morgen bei schönem Wetter mit ihrem Fahrrad fuhr. Aber sie war doch noch so jung, hatte so wenig vom Leben gesehen und am Anfang hatte es ihr sogar gefallen. Ihr großes Geheimnis, ihre Verabredungen, die Schwärmereien. Doch es kehrte sich alles ins Gegenteil um, er wollte immer mehr, immer häufiger und er hatte sie in der Hand. Nachdem sie sich ein paar Mal getroffen hatten und näher gekommen waren, hatte sie nach zwei Gläsern Wein einen plötzlichen Filmriss gehabt. Sie war Stunden später in seinem Bett aufgewacht, nackt und alleine. Auf dem Boden lagen jede Menge ausgedruckte Fotos von ihr, an die sie keinerlei Erinnerungen hatte. Sie war gut zu erkennen, denn sie lächelte fröhlich mit leicht glasigen Augen in die Kamera, hatte nichts an und zeigte eindeutige Posen. Sie war so geschockt und völlig verzweifelt, als er plötzlich hereinkam. Er bot ihr einen Deal an, den sie nicht ablehnen konnte, denn zu groß war die Angst vor dem Skandal, der Erinnerungslücke und so hatte sie das erste Mal mit einem Mann geschlafen.

Sie hörte die Haustür zuschlagen und freute sich, dass er offensichtlich weg war und sie in seiner Wohnung alleine war. Wahrscheinlich hatte sie für heute ihre Ruhe und könnte nach dem Bad unbehelligt nach Hause fahren. Er ging nach dem Sex häufig joggen, als ob es ihm noch nicht gereicht hätte. Er war verheiratet, aber seine Frau war Pharmareferentin und meist tagelang unterwegs. Sie konn-

te das alles nicht verstehen, sah aber auch keinen Ausweg,
außer er machte sein Versprechen doch endlich war und
ließe sie zufrieden. Das Wasser war nun nicht mehr so brü-
hend heiß und sie konnte sich ein wenig entspannen. Sie
ließ sich noch tiefer sinken, hielt die Luft an und glitt ganz
unter Wasser. Sie konnte nichts hören und es war mehr ein
Gefühl, vielleicht auch die leichte Vibration eines Schrittes
oder ein Knie, was gegen den Wannenrand stieß. Sie wollte
sich aufrichten, als sie zwei Hände auf ihrem Gesicht und
dem Oberkörper spürte, die sie fest nach unten drückten.
Panik durchzuckte sie. Das konnte nicht sein. Warum sollte
er das tun, sie hatte die Tür doch gehört. Noch hatte sie
Luft in den Lungenflügeln und sie begann, sich zu wehren.
Sie schlug mit ihren Händen nach oben, traf auch, wurde
aber weiterhin gegen den Boden der Wanne gedrückt. Sie
wollte schreien, bekam Wasser in die Lunge, wurde noch
panischer, würgte, spürte, wie ihre Augen aus den Höhlen
traten, merkte, wie ihr Kopf kurz angehoben und dann auf
den eisernen Grund der alten Wanne geknallt wurde. Der
Schmerz durchzuckte sie, ein letzter Versuch der Gegen-
wehr wurde von den kräftigen Händen und weiterem Was-
ser in ihrer Lunge vereitelt.
Sie gab auf und für genau eine Sekunde fand sie ihren Frie-
den. Dann verlor sie das Bewusstsein.

Der Auftrag

Alexei Gromow, ehemaliger Polizist und nun Privatdetektiv, fuhr mit seiner Yamaha XJ 900 auf der Stadtautobahn Kiels in Richtung Schilksee, wo er um 14 Uhr einen Termin hatte. Sein uralter und geliebter Fiat Tipo war ihm buchstäblich unter dem Hintern weggerostet und fristete sein Autorentnerdasein nun auf dem Kiesow Recyclinghof in Norderstedt. Zum Glück war es ein wunderschöner warmer Frühsommertag, denn er war noch nicht dazu gekommen, sich einen neuen fahrbaren Untersatz zu besorgen. Aber seine gute alte XJ tat hervorragend ihren Dienst und er genoss die Fahrt. Einen Teil der Autobahn von Hamburg nach Kiel hatte er umfahren und die schöne Landschaft Schleswig-Holsteins bewundert. Er wohnte in Pinneberg über einer Motorradwerkstatt von ein paar Hobbybastlern, nicht gerade der Nabel der schönen Welt. Seine Geschäfte liefen gut, was zum großen Teil auf einen spektakulären Fall aus dem Januar zurückzuführen war, als er gemeinsam mit der Kieler Polizei und der Hauptkommissarin Kathrin van Busche einen Dreifachmord aufklären konnte. Dieser hatte allerdings zwei voneinander unabhängige Täter gehabt und durch einen Zufall war er darin verwickelt worden. Da einer der Toten ein bekannter Handballspieler vom THW Kiel gewesen war, bekam er eine Menge kostenlose Publicity, wofür er als selbstständiger Ermittler natürlich dankbar war. Der Vierzylinder der Yamaha surrte wie ein Uhrwerk und er näherte sich seinem Ziel, einer noblen Adresse in Kiel-Schilksee.

Gromow bog hinter der Shell-Tankstelle rechts in die Schlimbachallee ab und ärgerte sich kurz über die Benzinpreise. Die hatten ganz sicher nichts mit freier Marktwirtschaft zu tun, denn sonst müsste es möglich sein, dass eine Tankstelle ihren Sprit für 99 Cent anbot, so wie das bei Produkten der Discounter durchaus üblich war. Soziale Marktwirtschaft war es schon gar nicht, denn wo regulierte der Staat auf dem Benzinmarkt irgendetwas? Ganz im Gegenteil, die Lobbyisten regelten das in Berlin schon, die Politiker fuhren dicke Kisten mit Chauffeur und mussten ganz sicher nicht auf die Benzinrechnung achten. Die 70% Steuern auf dem Preis halfen natürlich auch, dem Ganzen eine andere Betrachtungsweise zukommen zu lassen. Er stellte sein Motorrad vor dem großen roten Haus mit den vielen Panoramafenstern ab, schloss den Helm an, strich sich durch seine kurzen blonden Haare und ging auf die Tür zu. Bevor er klingeln konnte, ging die Haustür auf und eine attraktive Mittvierzigerin mit Sonnenbrille begrüßte ihn.

»Hallo. Sie müssen Herr Gromow sein. Ich habe Sie mir ganz anders vorgestellt. Kommen Sie doch rein.«

Gromow schmunzelte. Wie stellte man sich denn einen Detektiv vor? Wie Sherlock Holmes in Tweed und Mütze? Was hätte sie wohl gesagt, wenn er hier so aufgetaucht wäre?

»Guten Tag, Frau Timmermann. Und ja, ich bin Alexei Gromow, wir haben heute Morgen telefoniert.«

Er wollte ihr eine Karte in die Hand drücken, aber sie war schon auf dem Weg durch das Haus in Richtung Terrasse. Dabei schwenkte sie ihr Hinterteil mit dem knappen Rock, so dass er anerkennend nickte.

»Möchten Sie etwas trinken?«

»Ein Wasser wäre klasse, danke.«

Sie gab eine gute und routinierte Gastgeberin ab. Doch als sie sich setzte und die Brille abnahm, begann er, etwas von ihrem Elend zu verstehen. Die Augen waren völlig verquollen und das Weiße von Rot durchzogen, als ob sie viele Tränen die letzten Tage vergossen hätte. Er war etwas schockiert, denn am Telefon hatte sie nur erzählt, dass sie ihre 18-jährige Tochter vermisste und er hatte geglaubt, es mit schnell verdientem Geld und einem Besuch in ein paar Diskotheken zu tun zu haben. Aber ihr Gesichtsausdruck passte nicht zu seinen Erwartungen. Gromow legte seine Schutzklamotten ab, nahm einen Schluck von seinem Wasser und lehnte sich in dem bequemen Rattan-Gartenstuhl zurück.

»Nun erzählen Sie doch mal, am besten von Anfang an und lassen sie nichts aus. Alles kann wichtig sein.«

Gromow war zwar erst 34, doch er strahlte Ruhe aus und konnte zuhören, was vielen Leuten half, sich ihm zu öffnen.

»Also, wie ich am Telefon schon gesagt habe, geht es um meine Tochter Svenja. Sie ist seit fünf Tagen verschwunden.«

Gromow fiel sofort auf, dass sie meine Tochter anstatt unsere gesagt hatte. Darüber hatte er einmal im Deutschunterricht einen Aufsatz schreiben müssen, als sie in der Oberstufe Homo Faber gelesen hatten. Damals hatte es allerdings der Ingenieur Faber so ähnlich gesagt und seine Frau wollte ihm das nicht verzeihen.

»Wo ist Ihr Mann, Frau Timmerman?«

»Ich weiß nicht, was das damit zu tun hat, aber wir sind seit acht Jahren geschieden. Er lebt in Berlin und Svenja sieht ihn genau drei Wochen im Jahr in den Sommerferien. Reicht das?«

Wow, da war er wohl gleich an einem sensiblen Punkt gelandet.

»Vorerst schon. Trotzdem hätte ich gerne eine Telefonnummer, um gegebenenfalls mit Ihrem Mann zu sprechen. Wo wollte ihre Tochter denn hin, bevor sie verschwand?«

»Ist schon okay. Mein Ex-Mann und ich haben nicht das beste Verhältnis.«

Das war offensichtlich.

Sie seufzte und fuhr sich mit den Händen durch das lange dunkle Haar.

»Svenja wollte am Nachmittag zu ihrer Freundin Lotta und ist dort auch gewesen. Gegen 19:30 Uhr ist sie dann mit dem Fahrrad aus Altenholz laut Lotta wieder zurückgefahren. Angekommen ist sie aber nicht und niemand hat etwas von ihr gehört. Das Handy ist seitdem aus und auch das Fahrrad habe ich nicht gefunden. Ich bin die Strecke hundertmal abgefahren und habe danach gesucht.«

Ihr kamen wieder die Tränen und Gromow war froh, als er die Kleenex-Box auf dem Tisch sah. Er reichte ihr ein Tuch und wartete höflich. Schließlich sammelte sie sich wieder und fuhr fort.

»Ich habe alle Krankenhäuser abtelefoniert und war auch schon bei der Polizei, aber die tut nichts, bevor sie nicht von einem Verbrechen ausgehen kann.«

Das war natürlich so nicht richtig und auch ein wenig unfair, doch aus Sicht der Mutter sicherlich nachvollziehbar. Svenja war schon 18 und ging in die 13. Klasse, wie er vom Telefonat wusste. Vor dem Gesetz durfte sie sich aufhalten, wo sie wollte und da wird die Polizei eben erst tätig, wenn sie über einen längeren Zeitraum vermisst wird und aus dem gewohnten Umfeld verschwunden zu sein scheint wie Schule, Freunde usw. Vor fünf Tagen war ein Freitag, also Wochenende. Vielleicht war sie mit Freunden oder Bekannten einfach nach Paris und hatte noch keine Lust auf Schule. In 90 Prozent der Fälle lief das etwa so ab. Da konnte die Polizei nicht sofort tätig werden.

»Haben Sie Ihren Mann gefragt, ob er etwas gehört hat?«

»Nein, das muss ich nicht. Er ist zurzeit auf Geschäftsreise in Singapur und Svenja wusste das.«

»War Svenja schon einmal verschwunden? Schlief sie bei Freundinnen, hatte sie einen Freund?«

»Manchmal blieb sie bei Lotta über Nacht, wenn ihre Eltern nicht da waren. Mädelsabend nannte sie das. Aber höchstens einmal im Monat. Und nein, einen Freund hatte sie nicht. Das wüsste ich. Wir haben ein offenes Verhältnis. Es muss ihr etwas passiert sein. Davon bin ich überzeugt!«

Gromow glaubte ihr. Sie hatte etwas Ehrliches und Überzeugendes. Nach einer typischen Streunerin, wie er es in Hamburg oft hatte, hörte sich das Mädchen nicht an. Er musste dringend mit ihren Freundinnen reden und das Umfeld abklappern.

»Wie sieht es mit Drogen aus? Alkohol, Partys?«

Sie schaute ihn entsetzt an.

»Wie können Sie so etwas von meiner Tochter denken? Sie steht einen Monat vor dem Abitur, ist eine der besten des Jahrgangs, geht dreimal die Woche zum Volleyball und trinkt vielleicht mal ein Glas Wein. Auf Partys geht sie gar nicht!«

Vielleicht suchte er eine Heilige. Wie eine echte 18-Jährige hörte sich das jedenfalls auch nicht an. Sein Abi hatte definitiv anders ausgesehen.

»Ich brauche eine Liste mit den drei besten Freundinnen oder Freunden, die Nummer ihres Trainers vom Volleyball, die Adresse der Schule und das Revier, auf dem Sie die Vermisstenanzeige aufgegeben haben. Dazu ein aktuelles Foto und eine Beschreibung ihrer Kleidung, als sie verschwand. Allerdings müssen wir kurz noch über meine Konditionen reden. Ich bekomme 400 Euro am Tag plus Spesen. Dazu sollte ich mir noch ein Zimmer hier in Kiel nehmen, um zügig arbeiten zu können. Der Mindestsatz beträgt zwei Tage.«

Gromow holte einen gefalteten Standardvertrag aus der Innentasche seiner Motorradjacke und legte ihn auf den Tisch.

»Geld spielt keine Rolle. Das war das einzig Gute an meinem Ex und der Scheidung. Helfen Sie mir, meine Tochter zu finden.«

Sie nahm ihm den Kugelschreiber aus der Hand, unterschrieb und reichte ihm alles zurück.

»Ich hole ein Foto und mache die Listen fertig.«

»Darf ich mich in der Zwischenzeit in Svenjas Zimmer umsehen? Ich möchte mir einen Eindruck verschaffen.«

»Selbstverständlich. Die Treppe hoch und gleich rechts.«

Gromow stand auf und durchquerte das Wohnzimmer, um sich mit Svenja vertraut zu machen. Als er noch Polizist war, hatte er das Gefühl gehabt, so eine Beziehung zu einem möglichen Opfer aufbauen zu können, quasi in das Innere zu dringen. Er öffnete die Tür und blickte sich um. Bett, Schreibtisch, ein paar Regale mit Schulsachen, Urkunden an der Wand. Alles in allem ein recht durchschnittliches Zimmer, dem es an Gemütlichkeit und Persönlichkeit fehlte. Allerdings sah das ganze Haus so aus, mehr wie ein Musterhaus für Möbel-Kraft-Ausstellungen. Irgendwie hätte er auf mehr Schnickschnack bei zwei Frauen getippt. Auffallend war auch das Fehlen eines Computers oder Laptops, dafür entdeckte er aber auf dem Nachttisch einen Kindle Fire HD, das Flaggschiff der Amazon-Flotte. Er setzte sich aufs Bett, und klappte die Hülle auf. Sofort leuchtete der Bildschirm und er wischte die obligatorische Werbung zur Seite, um einen Blick auf das Startkarussell zu werfen. Youtube, Silkbrowser, ntv, Wetter.com und Facebook. Er öffnete die Social App des Multimilliardärs und hoffte, dass sie angemeldet war. War sie und so scrollte er über ihre

Pinnwand. Nur sechs Einträge, zwei belanglose Fotos, keinerlei Kommentare von anderen. Die Posts bezogen sich auf ihre Stimmung und bestanden nur aus Smileys. Waren die ersten zwei noch fröhlich, so wurden die letzten vier im Verlauf immer finsterer. Kommentare dazu gab es nur von Lotta und einer Gina mit Donald Duck Foto. Auch diese bestanden nur aus Smileys, die ähnliche Stimmungen ausdrückten. Er klickte auf Nachrichten, fand aber nur eine. Diese war an Lotta und bestand aus einer Frage. *Freitag wie immer bei dir?* Die kryptische Antwort lautete: *Du kannst dich auf mich verlassen. Pass auf dich auf! :-**

Gromow meinte, darin das Zeichen für Kuss zu erkennen, war sich aber nicht sicher. Warum sollte sie auf sich aufpassen, wenn die beiden sich treffen wollten? Er war gerade im Begriff das Tablet wegzulegen, als er noch in der Leiste über dem Karussell den Begriff Fotos sah. Da er selbst Kindle-Anhänger war, wusste er, dass es die Möglichkeit gab, die Fotos von dem Handy automatisch mit der Amazon Cloud zu synchronisieren, die dann direkt auch vom Kindle abrufbar waren. Er klickte auf den Button und weiter auf Kamera. Die typischen Fotos von Freundinnen mit Knutschmund und auch alleine vor dem Spiegel mit sichtbarem Handy S3, Oberklasse. Die andere musste Lotta sein, zumindest meinte er, das von dem Facebook-Foto wiederzuerkennen. Plötzlich hielt er die Luft an. Zwei Nacktfotos von Svenja in eindeutig sexueller Pose. Allerdings sah es so aus, als seien sie abfotografiert, da am Rand ein blauer Hintergrund zu erkennen war. Außerdem waren die Farben nicht so klar, wie er das von seinem S3 kannte.

Die Musterschülerin und Heilige hatte also doch ein Geheimnis. Er schickte sich schnell die Fotos von Svenjas Emailkonto, löschte die Mail und checkte noch den Posteingang, der aber leer war. Dann durchsuchte er noch den Schreibtisch und die Regale, fand aber weder Tagebuch noch Briefe, lediglich zwei belanglose Karten des Vaters aus Singapur und Mexiko.

Gromow ging wieder nach unten und beschloss, die Fotos vorerst nicht zu erwähnen. Vielleicht würde er sich mit dem Kindle später noch genauer beschäftigen. Erst mal würde er die Liste von Mutter Timmermann abarbeiten. Sie wartete schon auf ihn und nachdem er eine DIN A4 Seite in Empfang genommen hatte, verabschiedete er sich und versprach, sich zu melden, sobald er etwas Neues erfahren hätte. Die XJ sprang zuverlässig an und beim Wenden warf er einen Blick auf die völlig deprimierte und hoffnungslose Mutter. Sie tat ihm leid.

Die Tote vom Nord-Ostsee-Kanal

Kiel-Holtenau, 10. Juni um 23.44 Uhr

Marten Mortensen arbeitete bereits seit 14 Jahren als Festmacher in der Schleuse 2 des Nord-Ostsee-Kanals zwischen Holtenau und der Wik. Aber so etwas hatte er noch nie erlebt. Der neue Navigator Hans Hansen schien ja die Weisheit mit Löffeln gefressen haben. »Dichter beiholen«, »Palsteg statt Slipstick« und all so ein Tüddellüt. Man, der Typ konnte einem voll auf die Nüsse gehen. Meint wohl, nur er könne dicke Pötte durch den Kanal schleusen. Das ging jetzt schon seit drei Nachtschichten so. Und was für einen Ton der drauf hatte. 17 Zentimeter Tidenunterschied waren es doch nur. Gut, die »M.S. Karina« war schon ein dicker Brummer, aber auch solche großen Containerschiffe hatten sie doch schon tausende Male rüber in die Ostsee befördert. Dauerte im Schnitt 45 Minuten. Im schwachen Lichtschein seiner Helmtaschenlampe sah Mortensen plötzlich etwas zwischen dem Schiff und dem Ponton. »Noch dichter beiholen«, befahl dann Hansen seinem Mitarbeiter streng und laut. Es war etwas Großes, was da mitten in der Schleuse trieb. Mortensen ließ hinten am Bug mehr Leine.

Hansen tobte, »Dichter beiholen, nicht Leine lassen! Man, sind Sie denn völlig bescheuert, oder was?«
»Geht nicht«, antwortete Mortensen ruhig und trocken. »Was hier geht und was nicht, das bestimme immer noch

ich, verstanden?«, schrie nun der Navigator sauer. »Sonst können Sie sich gleich Ihre Papiere abholen!«

Mortensen schaute nochmals mit seiner kleinen Taschenlampe am Helm in aller Ruhe ins Wasser, dann schaute er auf, seinem Vorgesetzten direkt ins Gesicht. Hansens Kopf war hochrot, er war kurz vor der Explosion. Der unfassbar dämliche Festmacher tat einfach nicht, was er befahl. »Du Hansen, Chef«, antwortete Mortensen ganz bedächtig, »wenn ich jetzt beihole, dann zerquetschen wir doch die Leiche, die da unten schwimmt.«

Kriminalkommissarin Kathrin van Busche und ihr Lebenspartner Johann Holstein saßen am Feuer des Kamins ihres frisch gekauften Hauses in Kiel-Altenholz. Der kleine Nick, nun schon über ein Jahr alt, war vor gut zwei Stunden bei seinem Fläschchen Ziegenmilch eingeschlafen und van Busche trank ein 0,25-Liter-Fläschchen Hoegaareden Witbier, eine Weißbier-Spezialität aus Belgien mit Aromen von Curacau-Orangen und Koriander; Holstein hatte sich eine Flasche Riesling von seinem Stammweingut Dautermann aus Rheinhessen geöffnet. Dies taten sie häufiger, denn jeder sollte ja schließlich sein Lieblingsgetränk trinken und nur aufgrund der Höflichkeit mit dem anderen das gleiche Getränk zusammen zu trinken, taten sie schon seit längerem nicht mehr. Holstein berichtete von der extrem schwierigen Situation bei der Suche nach Kindergärtenplätzen. Er kuschelte mit seiner blonden Freundin dabei liebevoll auf dem weißen Flauschteppich und öffnete dabei mit seiner linken Hand langsam, aber sicher ihre weiße Bluse. Plötzlich klingelte das Smartphone der Kommissarin. »Zu so später Stunde!«, platzte es aus Holstein raus. Kommissar Thomas Meyer war dran:

»Entschuldige die späte Störung, Kathrin. Wie du weißt, ist Lorentzen im Urlaub, wie immer in Cavalaire-sur-Mer in der Provence, seinen Rotwein-Vorrat auffüllen.«

Kathrin van Busche schloss zunächst wieder die oberen Knöpfe ihrer Bluse und antwortete schroff, »Ja und, warum rufst du denn nun an? Zur Sache, Meyer!«

So kannte Meyer die junge Polizistin, sehr, sehr direkt. Er verdrehte am Telefon leicht genervt die Augen, »Also die Kurzfassung, Frau Kollegin: Tote Frau im Nord-Ostsee-Kanal, ich heftige Probleme mit dem ISG, du fährst bitte sofort zur Schleuse in Holtenau, da liegt die Tote im Wasser.«

Van Busche schaute zu Holstein, der sie verliebt und sehnsüchtig vor dem Kamin anschaute.

»Wie, du hast Probleme mit einer Gesamtschule IGS«, erwiderte van Busche fassungslos. »Und ich muss nun los, oder was?«

Kopfschüttelnd erklärte Meyer nur, »ISG nicht IGS, das heißt Ilio-Sakral-Gelenk und da kann mich nur mein Krankengymnast Carsten Huffmeyer aus Schilksee wieder fit kriegen. Ich kann mich kaum bewegen.«

Van Busche entschuldigte sich nun höflich. »Du wirst doch sowieso bald neue Chefin«, meinte nun Meyer deutlich. »Das ist schon alles so mit Horst abgesprochen.«

»Was für ein Unsinn«, erklärte van Busche sauer und klar. »Ich würde ja gerne, aber das geht doch gar nicht mit Kleinkind.« Meyer war über die süße Wut und das feurige Temperament gar ein wenig erfreut. »Ach, das kriegen wir schon hin, Kathrin. Ich vertrete dich, wenn es mit dem Kleinen nicht passt und Ruck-Zuck ist er schon in der Schule«, meinte der 60-jährige Meyer fast väterlich. Kriminalhauptkommissar Horst Lorentzen hatte überraschend seine vorzeitige Pensionierung zum 1. November beim Polizeipräsidenten eingereicht und seitdem wurde in der »Blume«, wie die Bezirkskriminalinspektion in der Blumenstraße von den Beamten genannt wurde, heftig über die Nachfolge spekuliert.

Van Busche galt als ganz heißer Tipp, obwohl sie erst 33 Jahre alt war und gerade Mutter geworden war. Sie hatte sich durch ihre exzellente Arbeit bei mehreren spektakulären Fällen einen hervorragenden Ruf erarbeitet. »Das gibt es in ganz Deutschland nicht, eine Kriminalhauptkommissarin in Teilzeit. Selbst, wenn alle das wollen, das macht Brumm nicht mit«, antwortete van Busche. »Das brauchen wir gar nicht erst zu versuchen!« Meyer wusste natürlich, dass dies extrem ungewöhnlich war, doch er wusste auch, dass Lorentzen das ganz sicher durchdrücken würde. »Brumm nickt doch alles ab – der hat sich doch gar keine Gedanken darüber gemacht.« Dann kam Meyer unmissverständlich zum Fall zurück. »Nun die dienstliche Anweisung: Ich falle wegen ISG und Höllenschmerzen beim Gehen diese Woche als Vertretung von Lorentzen komplett aus und bestimme dich hiermit zur Vertretung der Vertretung. Du leitest den Fall!«

Nur kurze Zeit später war Kathrin van Busche an der Holtenauer Schleuse, die sie mit ihrem grünen Käfer Cabrio nur von Holtenau aus erreichen konnte, angelangt. Es war kurz nach Mitternacht. Marten Mortensen brachte einen Holzstuhl direkt auf den Ponton der Schleuse 2. Im weißen Kittel war Kriminaltechniker Hinrichs schon dabei, die Leiche zu untersuchen. Zwei Kollegen von der Wasserschutzpolizei hatten die nackte Tote aus dem Kanal mit einem Schlauchboot geborgen. Das Containerschiff »MS Karina« hing noch immer in der Schleuse fest. »Sie haben starke Rückenprobleme«, meinte der Festmacher freundlich zur Kommissarin. »Da habe ich Ihnen einen Stuhl gebracht, so dass sie sich zur Leiche setzen können.« Mortensen lächelte die hübsche Kommissarin keck an, fast so, als ob er mitten bei der Leichenschau flirten wollte. »Danke, nicht nötig. Das ist eine Verwechslung, bei mir ist alles okay«, antwortete van Busche und gab ihm ein Zeichen, dass er sowie der Stuhl bitte schleunigst zu verschwinden hätten. Die Polizistin nahm sich drei Tic-Tac aus ihrer Jeans, das tat sie immer vor der Begegnung mit Leichen. Und Wasserleichen waren meist besonders unschöne Erscheinungen.

Der kleine Kriminaltechniker Niels Hinrichs war wieder einmal vor ihr eingetroffen. »Für Tote tue ich alles«, war das etwas merkwürdige Motto des Kieler Spezialisten mit der piepsigen Stimme, der zusammen mit seinem Pudel eine Dreizimmerwohnung am Schrevenpark bewohnte. Und in der Tat war Hinrichs Kriminaltechniker durch und durch. Ihn konnte man zu jeder Uhrzeit anrufen – er tat wirklich grundsätzlich alles für seine Arbeit.

Van Busche begrüßte Hinrichs freundlich, nahm sich noch drei Tic-Tac und betrachtete die Leiche. Es war eine komplett nackte, sehr junge Frau. Groß gewachsen, rote Haare. Auf den ersten Blick waren keine äußerlichen Verletzungen zu erkennen. »Kannst Du schon etwas sagen, Niels?«, fragte van Busche. »Die Leiche ist für eine Wasserleiche äußerst gut erhalten, die schwimmt erst seit heute im Kanal. Da bin ich mir sicher«, antwortete Hinrichs, »aber mehr kann ich dir erst nach der Untersuchung sagen.« In der Tat war die Leiche nicht so abschreckend wie van Busche einige unfassbar aufgeblähte und völlig verfärbte Wasserleichen von Fotos kannte, sie war schon fast hübsch. Zum Glück hatte sie bislang nur einmal mit einer Wasserleiche zu tun gehabt, die ebenfalls im sogenannten Stadium »frisch tot« in einem Müllsack aufgefunden worden war. Ein Fördedampfer hatte sie vor fünf, sechs Jahren genau an der Anlegestelle Bellevue herausgefischt. Die weiteren Stadien von Wasserleichen wie »gasgebläht, »zerfallen« oder »ausgetrocknet« waren häufig anzusehen wie die schlimmsten Gestalten bei einem Horrorfilm.

Van Busche schaute auf ihre Uhr. Halb eins nachts, die »KN« hatten schon längst angedruckt. Für einen Vermisstenhinweis in der Zeitung war es also schon zu spät. Die Identität bei nackten Leichen war grundsätzlich schwer zu ermitteln, da war meist die Presse hilfreich. Die Kommissarin schrieb mit ihrem Handy eine kurze Nachricht per WhatsApp an den Pressechef Jan-Malte Christiansen. Der sollte sich dann morgen früh darum kümmern. Sie würde heute Nacht noch die Kieler Vermisstenanzeigen durchgehen, dazu die LKA Datenbank für Vermisste und unbekannte Tote »VERMI/UTOT«, die auch mit der Datenbank des BKA und somit international verknüpft war.

Täglich wurden in Deutschland zwischen 150 und 250 Personen als vermisst gemeldet. 50 % dieser Vermisstenfälle klärten sich innerhalb einer Woche auf, 80 % binnen eines Monats, 97 % innerhalb eines Jahres. Also hoffte die Polizistin, dass auch diese Tote schnell identifiziert werden konnte. Trotzdem war es unglaublich, wie viele unbekannte Leichen es in Deutschland gab: über 1300. Keiner vermisste sie, als hätte es sie nie gegeben. Van Busche schickte die Handy-Nachricht für die erste Besprechung im neuen Fall für morgen früh um 8 Uhr an alle beteiligten Kollegen. Sie gab der Ermittlungsgruppe den Namen »Tote aus dem Kanal.« Dann half sie Hinrichs, die Leiche auf die Trage mit dem weißen Leichensack zu transportieren. Der Kriminaltechniker zog den Leichensack mit der nackten rothaarigen Frau zu.

Abstieg in die Hölle

Kiel, die Nacht vom 10. auf den 11.Juni

Ihr Zeitgefühl hatte völlig ausgesetzt. Sie hätte nicht sagen können, ob sie nun seit drei oder zehn Stunden auf der kleinen Pritsche in der verwahrlosten Holzhütte lag. Ihr Körper war nahezu taub, die Angst lähmte sie. Die Hand- und Fußgelenke brannten, die scharfen Fesseln schnitten in ihre zarte Haut, doch sie nahm es kaum war. Immer wieder kamen ihre Gedanken zurück zu dem Moment, als alles schief gelaufen war. Sie war auf dem Weg nach Hause, alleine mit dem Fahrrad, als er neben ihr gehalten hatte und die Scheibe runtergleiten ließ. Sie hatte das Auto sofort erkannt und der Schreck fuhr ihr in die Glieder. Instinktiv trat sie schneller in die Pedale ihres alten Holland-Fahrrades. Doch er beschleunigte ebenfalls und kam immer dichter an den Radweg, der nun direkt an der Straße entlangführte, nachdem die Parkreihen zu Ende waren. Sie war an die kleine Kreuzung gekommen, als er aus dem Fenster rief, »Ich weiß, wo Svenja ist, ich kann dich zu ihr bringen!« Wie hatte sie nur so naiv sein können? Sie schloss sofort ihr Fahrrad ab und stieg in sein Auto. Da spürte sie etwas Feuchtes auf ihrem Gesicht, einen Lappen, ein drängelnder Geruch und ihr ging auf, dass er nicht alleine im Auto gewesen war. Als nächstes war sie in der kahlen Hütte aufgewacht, stramm an die kleine Stahlpritsche gefesselt, mit Klebeband geknebelt und unfähig, ei-

nen klaren Gedanken zu fassen. Mehrmals hatte sie wieder das Bewusstsein verloren, bevor sie nun langsam wieder klarer wurde. Sie bemerkte, dass sie völlig nackt war und erschrak, denn gleichzeitig nahm sie einen Zigarettengeruch war. Sie war nicht alleine, wie sie kurz zuvor angenommen hatte. Da ihr Sichtfeld eingeschränkt war, konnte sie niemanden entdecken und glaubte, seine Anwesenheit an ihrem Kopfende zu spüren. Panik stieg in ihr auf und sie riss an ihren Fesseln, was aber nur zu tieferen Wunden führte. Aus ihrem Mund kamen gedämpfte Geräusche, die Tränen liefen ihr über die Wangen.

»Mein Täubchen ist wach.«

Sie bemerkte seine Hand an ihrem Arm und konnte ihn langsam von hinten kommen sehen. Er war es, wer sollte es auch sonst sein. Tiefe Schluchzer kamen aus ihrer Brust.

»Du hast doch wohl nicht mit der Polizei geredet, meine Süße? Hast ihr von uns und Svenja erzählt?«

Sie schüttelte hektisch den Kopf. Natürlich nicht, obwohl sie nah dran gewesen war, nachdem Svenja mehrere Tage nicht aufgetaucht war. Am schwersten war es, Svenjas Mutter anzulügen. Silvia war so aufgelöst und doch so ahnungslos.

»Umso besser. Dann haben wir beide ja noch ein bisschen Zeit zu zweit. Ich werde es genießen.«

Erneut stieg Panik in ihr auf. Er saß jetzt auf der Bettkante und ließ seine linke Hand über ihren Körper gleiten, während er mit der rechten weiter rauchte. Sie schloss die Augen und hielt den Atem an. Er blies den Rauch über ihren Körper und sie spürte den warmen Qualm. Irgendwann zwang sie der Atemreflex zum Luftholen, was durch die Nase nur quälend langsam ging. Sie musste husten und würgte gegen das Klebeband. Er lachte.

»Ich hatte vergessen, dass du Nichtraucherin bist, sorry, mein Schatz.«

Langsam regulierte sich ihr Sauerstoffhaushalt wieder und der Puls schlug langsamer. Noch immer fuhr er mit seinen Fingern über ihre Brüste, ihren Bauch, ihre Scham. Hatte er Svenja wirklich umgebracht? Wie konnte das sein? Sex war eine Sache, aber Mord? Er hatte doch eine Menge zu verlieren. Wo war der zweite Mann, den sie im Auto nicht gesehen hatte? Wieder stiegen in ihr die Tränen hoch und sie blinzelte. Dabei sah sie sein hämisches Grinsen und sie wusste, dass sie verloren hatte. Im gleichen Moment spürte sie seine Finger brutal in sich und seine Stimme an ihrem Ohr.

»Let the games begin...«

Startschuss für die SOKO »Tote vom Kanal«

Bezirkskriminalinspektion Kiel, 11. Juni um 8 Uhr

Hauptkommissarin Kathrin van Busche, der Kriminaltechniker Dr. Niels Hinrichs, Pressechef Jan-Malte Christiansen und die neue blonde Kollegin Angelica Scholz sowie Kriminalkommissar Sven-Uwe Wilhelm standen im Flur vor dem Zimmer von Lorentzen. Normalerweise fanden die ersten Lagebesprechungen im Büro des Chefs oder im Büro von Meyer statt. Das Problem war nur, dass keiner einen Schlüssel der Büros hatte und auch der kleine Konferenzsaal in der Blumenstraße verschlossen war. Die eigentlich stets zuverlässige Sekretärin Marianne Rönner war noch nicht da. Das ging ja gut los, dachte sich van Busche. »Zum Totlachen«, scherzte Wilhelm dann auch schon los. »Da treffen sich die besten Ermittler des Nordens und kommen nicht ins Zimmer rein.«

Auch van Busche musste grinsen, obwohl sie die Situation auch irgendwie peinlich empfand, da sie ja erstmals eine SOKO leitete. »So, jetzt gucken alle mal zum Fenster«, meinte Wilhelm mit einem schelmischen Lächeln und zwinkerte der Kommissarin zu. »Ist auf Befehl der neuen Chefin.« Hinrichs und Christiansen drehten sich sofort um, sie wussten, was jetzt kam. Auch van Busche schaute zum Fenster. Die neue Kollegin Scholz wirkte dagegen zunächst höchst irritiert. Dann drehte auch sie sich kurz weg.

In Nullkommanichts hatte Wilhelm die Tür mit einem Dietrich geöffnet.

Kathrin van Busche tat überrascht. »Oh, die Tür war ja doch offen.« Die Kommissarin hatte mit dem ehemaligen Zivilfahnder lange Zeit zusammengearbeitet – sie kannten sich aus dem Effeff. Wilhelms Äußeres, seine langen Haare, die er meist zum Zopf gebunden hatte sowie sein heruntergekommenes Outfit, seine Tatoos und Piercings kamen beim Chef zwar nicht gut an, aber van Busche kam mit Wilhelm prima zurecht. Zudem hatte Wilhelm etliche Verbindungsmänner in der Kieler Szene. Wenn er mal etwas nicht herausfand, dann brauchte man eigentlich gar nicht erst einen Zweiten zu schicken.

Van Busche setzte sich wie selbstverständlich in den schwarzen Ledersessel, in dem normalerweise Hauptkommissar Horst Lorentzen saß, Wilhelm und der kleine Kriminaltechniker Hinrichs nahmen auf dem dazugehörigem Sofa Platz – ohne irgendeine Bemerkung bezüglich Wilhelms Öffnen der Tür mit einem Dietrich. Die neue Kollegin Scholz wollte etwas sagen, aber Pressechef Jan-Malte Christiansen wies ihr nur den letzten Ledersessel zu, er selbst holte sich den Schreibtischstuhl des Chefs. Van Busche fand, dass die kleine Ecke im Büro des Chefs der gemütlichste und beste Ort für Lagebesprechungen in der ganzen Bezirkskriminalinspektion war. Aufgrund des Sparzwangs konnte man sich ohnehin keine 20-köpfige SOKO leisten. Der Hauptkommissar hatte die Sofaecke vor einigen Jahren zu seinem 35. Dienstjubiläum vom Polizeipräsidenten Brumm geschenkt bekommen.

Die Kommissarin leitete kurz in den Fall ein und übergab dann das Wort an den nur 1,61 Meter großen Forensiker Dr. Niels Hinrichs. Seine piepsige Stimme und sein Erscheinungsbild mit immer leicht verdrecktem weißem Kittel störten schon längst niemanden mehr. »Die Tote ist ein ganz junges Ding, auffällig groß mit 1,80 Metern und mit langen roten Haaren«, begann der Kriminaltechniker. »So eine Erscheinung fällt auf, vermutlich Schülerin oder Auszubildende.« Hinrichs schätzte das Alter auf 17. Er erklärte weiterhin, dass sie nackt im Kanal gefunden wurde und die Identität noch unklar sei. »Gibt es schon Erkenntnisse von der Gerichtsmedizin, irgendwelche weiteren Spuren?«, fragte van Busche. Hinrichs erklärte, dass der Gerichtsmediziner Dr. Uwe Leiendecker bereits seit 6 Uhr morgens mit der Untersuchung der Leiche beschäftigt war. »Da gibt es gleich zwei sehr interessante Details«, begann Hinrichs.

Genau in diesem Moment betrat die Sekretärin Marianne Rönner das Zimmer des Chefs. »Entschuldigen Sie, Frau Kommissarin van Busche, ich habe meinen Bus aus Kronshagen verpasst.« Van Busche entgegnete, »kein Problem« und wartete wie alle anderen gespannt auf Hinrichs neue Erkenntnisse. Frau Rönner kündigte an, dass sie gleich zwei Kannen Kaffee bringen würde. Sie war die gute Seele der Bezirkskriminalinspektion und hatte immer ein offenes Ohr für Probleme. »Sonst kann man so früh ja gar nicht richtig denken«, meinte Rönner und fragte, »War die Tür gar nicht verschlossen?« Alle schauten sich fragend an, dann erwiderte die neue Kollegin, »Ne, war offen.«

Alle mussten grinsen. Guter Einstand für die Neue, dachte van Busche. Die Sekretärin ging grübelnd hinaus und machte Kaffee. »So, dann mal weiter«, sagte van Busche ungeduldig zum Kriminaltechniker. Zum einen erklärte Hinrichs, dass es deutliche Druckspuren im Gesicht und auf dem Oberkörper der Toten gab, die vermutlich unter Wasser gedrückt worden sei. Zum anderen war ein Hämatom auf der Hinterseite des Kopfes, was darauf hindeutete, dass sie niedergeschlagen worden war oder mit dem Schädel auf einen harten Untergrund gefallen war. »Dazu hat Leiendecker das Wasser in der Lunge der Leiche untersucht. Es ist definitiv kein Wasser aus dem Kanal. Das konnte er aufgrund des Salzgehalts eindeutig feststellen. Er meint, es sei Kieler Leitungswasser.«

Van Busche grübelte. »Also ist sie schon vorher ermordet und dann in den Kanal geworfen worden.«
»Sieht ganz danach aus«, antworte Hinrichs. »Zudem hatte die Wasserleiche das Stadium frisch tot. Ich würde darauf wetten, dass sie erst gestern Abend in den Kanal geworfen wurde«
»Todeszeitpunkt?«, fragte van Busche.
»Wissen wir noch nicht genau. Da ist Leiendecker noch dran.«

Als nächster berichtete Pressechef Jan-Malte Christiansen, dass er schon heute Morgen eine Polizeimeldung an die Medien rausgegeben habe. »Bei NDR Welle Nord und R.SH läuft das schon in den Nachrichten, die KN haben es auf ihre Onlineseite gestellt. Da kenne ich Rickmer Hansen ganz gut.« Andresen erhoffte sich, dass nun schnellstmöglich ein Hinweis aus der Bevölkerung kam, damit zumindest die Identität der Toten geklärt werden konnte.

Frau Rönner brachte den Kaffee. »Entschuldigen Sie, aber da unten, da müssen Sie mal schauen!« Alle gingen zum Fenster und drängten sich davor. Unten fuhr Kommissar Meyer mit dem Fahrrad vor. Er war stets gut mit einer schicken Designerbrille gekleidet, kleinem Bierbauch und war neben Lorentzen einer der ganz alten Hasen in der Bezirkskriminalinspektion. »Das gibt's doch nicht. Den habe ich noch nie auf einem Rad gesehen«, erklärte Christiansen. »Außerdem ist er krankgeschrieben«, meinte nun van Busche erstaunt.

Kurz darauf kam Meyer mit schmerzverzerrtem Gesicht ebenfalls in das Büro des Chefs. »Entschuldigung, darf ich mich setzen?«, fragte Meyer. »Mein Rücken tut so weh.« Die neue Kollegin Scholz, die über 1,80 Meter groß war und eine sportliche Statur hatte, bot Meyer sofort ihren Platz an und setzte sich auf Lorentzens Schreibtisch. »Sie sollen auch zu Hause bleiben, damit Sie wieder fit werden«, ermahnte Kathrin van Busche ihn. Meyer erklärte, dass sein Krankengymnast aus Schilksee ihm Radfahren empfohlen habe und das die beste Entlastung für das Ilio-Sakral-Gelenk sei. »Ich kann derzeit auch wirklich einfach nicht gehen. Aber ich wollte anbieten, dass ich bei Nachforschungen gerne von daheim helfen kann. Computerrecherche, Vermisstenanzeigen, Telefonate und so weiter.«

Van Busche nahm die angebotene Hilfe gerne an und berichtete dann von ihren nächtlichen Recherchen bezüglich der aktuellen Vermisstenanzeigen in Kiel. »Aktuell werden in Kiel gleich zwei Mädchen vermisst«, meinte die neue Leiterin der SOKO. »Meistens tauchen die dann schnell wieder auf – bei einer Freundin, beim getrennt lebenden Vater oder so. Die eine allerdings schon seit fünf Tagen, es ist aber kein Foto gefaxt worden. Die Beschreibung ist sehr allgemein, die Haarfarbe fehlt. Da müssen wir dringend mal nachfragen. Die andere seit gestern, passt vom Äußeren aber nicht.« Es war jedoch auffällig, dass beide Mädchen 18 Jahre alt waren und auf das gleiche Gymnasium im Norden der Stadt gingen und beide nördlich des Nord-Ostseekanals wohnten, nämlich die eine in Schilksee, die andere in Altenholz. Die Namen waren Svenja Timmermann und Lotta Abendrot.

Misstrauen

Kiel, 11. Juni am Vormittag

Die Sonne kitzelte Gromow spielerisch an der Nasenspitze und der Detektiv gähnte ungeniert. Er hatte sich gestern Nachmittag noch im Hotel Düvelsbek in der Feldstraße einquartiert, weil er die familiäre Atmosphäre mochte und er gute Erinnerungen vom letzten Fall in Kiel daran hatte, als er geholfen hatte, einen Dreifachmord aufzuklären. Danach hatte er auf seinem Nexus 10 Tablet noch ein wenig gegoogelt und Informationen zu Svenjas Umfeld zusammengetragen. Ein Anruf beim Vater war leider erfolglos geblieben. Er öffnete langsam seine Augen, spürte den pelzigen Geschmack auf seiner Zunge und ließ einen Blick durch das Zimmer gleiten.

Verdammt, das war gar nicht sein Hotelzimmer!

Fragmente von Erinnerungen schossen in seinen vom Single Malt umnebelten Kopf und er drehte sich sachte um. Ein nackter Hintern streckte sich ihm verführerisch entgegen. Von weiter oben kam ein leichtes Schnarchen, was irgendwie in einem ambivalenten Verhältnis zu dem hübschen Po stand. Dazu lugten ein paar lange rote Haare unter der Bettdecke hervor. Das Zimmer wirkte leicht derangiert, überall lagen Klamotten herum und eine leere Flasche Talisker stand mit zwei Whiskygläsern auf einem kleinen Holztisch. Die Puzzleteile fielen allmählich zusammen und er erinnerte sich, dass er noch in die Palenke gegangen war, um ein bis zwei Feierabendbiere zu trinken. In der gemütlichen, kleinen Eckkneipe mit den beiden originellen Wirten war er schnell in ein Gespräch mit einer rothaarigen Lehramtsstudentin verwickelt worden. Gromow sah nicht wirklich attraktiv aus, zumindest aber markant mit seinen strahlend blauen Augen und seinen kurzen blonden Haaren. Seine 1,83m waren durchtrainiert und so riskierten Frauen schon häufiger einen zweiten Blick. Allerdings hatte auch er mehr als einen Blick auf die Rothaarige geworfen, die neben ihrer hübschen Präsenz vor allem durch ein typisch dickes Unibuch auffiel, was er zufällig kannte. Auf der Polizeischule hatte er sich mit »Menschlicher Kommunikation«, wie das Buch von Paul Watzlawick hieß, beschäftigen müssen und es sogar ganz interessant gefunden. Also packte er die Chance beim Schopfe, hatte sich unaufgefordert an ihren Tisch gesetzt und gefragt, »Und glauben Sie, dass man nicht nicht kommunizieren kann?«

Daraus hatte sich dann eine kleine Diskussion über das Kommunikationsverhalten von Menschen entwickelt. Nach dem dritten Bier hatte er sich einen Laphroaig bestellt, worauf sie behauptet hatte, die größte Single Malt Sammlung aller Kieler Studentinnen zu besitzen. Da das natürlich nach genauerer Überprüfung schrie, hatten sie sich auf den Weg zu ihr gemacht und er musste feststellen, dass er wieder einmal in einem Studentenheim gelandet war. Ihre Sammlung war tatsächlich beeindruckend gewesen und sie hatten sich für den torfigen Talisker entschieden. Noch beeindruckender war allerdings, dass sie die Flasche im Gleichschritt leerten, bis er das Gefühl hatte, gleich umzufallen. Da hatte sie ihn ins Bett geführt, beide ausgezogen und sich vergeblich bemüht, seine Männlichkeit zu beleben.

Gromow zermarterte sich seinen Kopf, wie ihr Name war, als sie aufhörte zu schnarchen und ihren Hintern dichter an ihn drückte.

Life is a bitch but if you're lucky you marry one.

Diesmal war ihr Versuch nicht vergeblich.

Gromow schlenderte in der großen Pause über den Schulhof von Svenjas Schule. Er fragte mehrere Schüler nach Lotta Abendrot, bekam aber keine klare Antwort, bis er zu einer kleinen Blondine mit Nerd-Brille kam.

»Sag mal, weißt du, wo ich Lotta finde?«

»Lotta Abendrot?«

»Ja, genau.«

»Die ist heute nicht zur Schule gekommen, wahrscheinlich krank. Kommt häufiger vor.«

»Ok. Kennst du auch zufällig Svenja Timmermann?«

»Ja klar. Wir machen öfter mal etwas zusammen, so einen auf Mädelsabend und so.«

Da hatte er wohl Glück gehabt und bohrte gleich nach.

»Ihre Mutter vermutet, dass ihr etwas passiert ist. Was denkst du darüber? Sie ist doch seit ein paar Tagen weg.«

»Keine Ahnung und ich muss jetzt rein, es klingelt gleich.«

Sie drehte sich um und verschwand im Gewühl. Gromow blieb verwundert stehen. Was war das denn? Er hatte doch nur höflich gefragt.

Langsam näherte sich ihm ein Aufsicht führender Lehrer.

»Kann ich Ihnen helfen?«, fragte eine von Rauch durchzogene Stimme. Er trug die typische Lehrer-Lederjacke, hatte eine Brille, einen Drei-Tage-Bart und war wahrscheinlich Anfang vierzig. Den Studienrat konnte er definitiv nicht verleugnen und Gromow blickte interessiert in sein unrasiertes Gesicht.

»Vielleicht. Ich bin auf der Suche nach Freundinnen von Svenja Timmermann, Lotta und Gina. Ihre Mutter hat mich beauftragt, nach ihr zu suchen. Sie traut der Polizei nicht.« Dass er selbst ehemaliger Polizist war, erwähnte er natürlich nicht und holte seine Lizenz aus der Innentasche.

»Haben Sie sich im Sekretariat angemeldet?«

»Da wollte ich gerade hin, als ich sah, dass Pause ist. Also habe ich ein paar Fragen gestellt, schlimm?«

Gromow ging der Typ jetzt schon auf die Nerven.

»Wir mögen es nicht, wenn sich fremde Männer auf unserem Schulhof rumtreiben und unsere Schutzbefohlenen belästigen.«

Mein Gott, redeten alle Lehrer so?

»Da habe ich durchaus Verständnis für, aber Sie können sich vielleicht vorstellen, dass eine Mutter ein berechtigtes Interesse am Verbleib ihrer Tochter hat.«

»Mag sein. Dann holen Sie sich einen Termin bei der Schulleitung und stellen Sie dort Ihre Fragen. Schönen Tag noch. Den Ausgang finden Sie ja.«

Es klingelte und alles strömte Richtung Eingang. Das typische Schubsen und Drängeln entstand und es dauerte einen Moment, bis alle im roten, alten Backsteingebäude waren. Gromow schüttelte den Kopf und wollte schon gehen, als er sich erneut umdrehte und die Schule ebenfalls betrat. Wieder hatte er Glück, denn in der Eingangshalle hingen aktuelle Klassenfotos und er stellte fest, dass die kleine Blonde tatsächlich Gina gewesen war. Er fotografierte schnell das Bild von der Klasse der drei jungen Frauen mit seinem Smartphone und verließ das Gebäude. Allerdings warf er beim Rausgehen noch einen Blick auf das Kollegiumsfoto und identifizierte den Unsympath als Dr. Steffen Grimm, Konrektor.

Gromow ging zurück zur Straße und überlegte, ob er Kathrin van Busche anrufen sollte, die Kieler Kommissarin, mit der er so gut zusammen gearbeitet hatte. Das Handy schon in der Hand näherte sich ein freies Taxi und er beschloss, der Polizeistation in Holtenau einen Besuch abzustatten, wo Silvia Timmermann ihre Tochter als vermisst gemeldet hatte. Sein Motorrad hatte er beim Hotel gelassen, da er keine Lust auf die ganzen Klamotten hatte.

»Kanalstraße 46 bitte.«

Ohne ein Wort zu sagen, blickte der Taxifahrer in den Rückspiegel, wendete und fuhr Richtung Ostufer.

Da sich Gromow zumindest ein wenig in Kiel auskannte und auch Norden und Osten unterscheiden konnte, erhob er Einspruch.

»Das ist die falsche Richtung, Amigo. Der Kanal und Holtenau liegen im Norden.«

»Wenn's klappt, klappt's.«

Sprach es und wendete erneut.

So viel Dreistigkeit machte Gromow doch tatsächlich sprachlos und er musste an sein Lieblingszitat aus *Der Wolkenatlas* denken. *Zuweilen flitzt das flauschige Kaninchen Fassungslosigkeit so rasant um die Kurve, dass der Windhund Sprache perplex in der Startbox sitzen bleibt.*

Ein wunderschöner Satz für eine unverschämte Tat.

Gromow gab kein Trinkgeld, ließ sich als Rache des kleinen Mannes noch extra eine unnötige Quittung ausstellen und würdigte den Fahrer keines Blickes, als er ausstieg und langsam auf die kleine Wache am Nord-Ostsee-Kanal zuging. Er betrat den Vorraum und legte seine Lizenz auf den Tresen. Dabei hatte er die Hoffnung, dass sich der Diensthabende an seinen Namen erinnern konnte. Dieser drehte sich langsam von seinem PC um und Gromow konnte noch den grünen Hintergrund des Solitärprogramms von Windows erkennen. Er blickte auf das Namensschild und musste grinsen. GÄRTNER.

Das war einer von den Trotteln, die den Dreifachmord fast verbockt hätten. Wahrscheinlich strafversetzt.

»Moin, ich bin Alexei Gromow und hätte da ein paar Fragen zu einer Vermisstenanzeige.«

Henning Gärtner runzelte die Stirn, verdrehte kurz die Augen, machte ein merkwürdiges Grunzgeräusch und erschien plötzlich erleuchtet.

»Ich kenne Sie! Sie haben doch mit van Busche den Asiaten gekillt.«

So konnte man es sicherlich auch ausdrücken, wenngleich es eher ein Kampf auf Leben und Tod gegen eine absolute

Kampfmaschine gewesen war und sie von van Busches Freund Holstein gerettet wurden.

»Na ja, so ähnlich.«

»Geben Sie mir ein Autogramm? Das glauben meine Skatkumpels nie. Sie sehen übrigens gar nicht so gefährlich aus.«

Schon wieder flitzte das Kaninchen rasant um die Kurve, diesmal fand Gromow aber schnell seine Sprache wieder.

»Okay, okay, aber erst die Infos, Meister. Abgemacht?«

»Klaro, was woll'n Sie wissen?«

»Alles, was Sie zu Svenja Timmermann haben. Sie wurde am Sonntag von ihrer Mutter hier als vermisst gemeldet.«

»Das habe ich selbst aufgenommen. Die kam hier mitten während unserer Skatrunde am Sonntagabend total hysterisch rein und behauptete, ihre Tochter sei entführt worden. Na ja, ich habe sie erst mal ein bisschen beruhigt, obwohl ich einen Grand mit Vieren auf der Hand hatte. Aber man ist ja schließlich auch Mensch, oder?! Dann habe ich alles aufgenommen. Als sie erzählte, dass ihre Tochter 18 ist und seit Freitag nicht nach Hause gekommen ist, habe ich mal einen Gang runtergeschaltet. Wahrscheinlich vögelt die sich durch die Stadt und die Alte macht hier so einen Terz. Mensch, mit 18 waren wir doch alle so.«

Er zwinkerte Gromow verschwörerisch zu und holte ein paar Papiere vom Schreibtisch.

»Ich habe das am Morgen danach an den Kriminaldauerdienst gefaxt und wollte gerade das Foto dazu noch hinterherschicken, als Asia-Killer, also so nennen wir Sie bei meinen Kumpels, hier durch die Tür trat. Was muss, das muss. Sie wissen ja.«

Gromow wusste gar nicht. Das Einzige, was er wusste, war, dass heute Mittwoch war und Svenja mittlerweile seit sechs Tagen vermisst wurde und die Polizei noch keinen Finger gerührt hatte. Er war wirklich froh, dem Apparat entkommen zu sein, wenngleich es ein Faustschlag war, der seinen Dienst beendet hatte und nicht die Überzeugung.

Ohne sein erstes Autogramm zu geben, drehte er sich wortlos um, verließ die Wache und beschloss, Kathrin anzurufen.

Manchmal ist es schwer

Kiel, 11. Juni am Nachmittag

»Hi Alexei«, freute sich van Busche, als sie Gromows Anruf entgegennahm, »wie komme ich zu der Ehre? Du hast lange nichts von dir hören lassen.«

Sie war liiert und hatte einen kleinen Sohn. Warum, zum Teufel, sollte er sich also ständig bei ihr melden? Er schluckte eine bissige Antwort runter und begann gleich mit dem eigentlichen Grund seines Anrufes.

»Also ich bin in Kiel und suche nach einem jungen Mädchen, das seit ein paar Tagen vermisst wird. Auf der Wache war nur der Trottel Gärtner und konnte mir nicht helfen. Svenja Timmerman. Kannst du nicht bitte mal in eurem System nachschauen?«

»Den Namen habe ich heute schon gelesen, da wir die Leiche eines jungen Mädchens haben, aber keinen Identifizierung. In der Vermisstenanzeige ist noch kein Bild.«

»Moment mal«, unterbrach Gromow die Kommissarin, »ich sende dir schnell ein Bild von meinem Smartphone, ein Klassenfoto. Vielleicht ist sie das ja.«

Er legte auf, scrollte sich durch die Bildergalerie, fand das Bild, klickte auf Teilen und sendete die Aufnahme an van Busche.

Sekunden später klingelte sein Telefon.

»Scheiße, ja, das ist sie. Ganz eindeutig die langen roten Haare und ziemlich groß ist sie auch. In der Vermisstenanzeige fehlte die Haarfarbe. Außerdem hatten wir am Wochenende hier kurz Stromausfall. Dabei muss das Fax irgendwie Papier gefressen haben. Dadurch lag die Anzeige erst gestern vor und wir waren noch nicht bei der Mutter. Aber jetzt müssen wir wohl oder übel. Du willst das sicher nicht übernehmen oder?«

»Naja, ich sollte sie finden und das habe ich wohl. Also werde ich mit der Mutter reden müssen. Allerdings überlasse ich euch den Vortritt.«

»Wie großzügig. Sollen wir uns heute Abend auf ein Bier treffen oder fährst du wieder nach Pinneberg?«

Gromow überlegte kurz.

»Ich weiß noch nicht so genau. Hängt von dem Gespräch mit Frau Timmermann ab. Ich melde mich später. Vielen Dank für deine Infos.«

»Ich habe zu danken, Alexei. Bis später.«

Als Gromow nach einem leckeren Mittag in der Forstbaumschule wieder an der Tür in Kiel-Schilksee klingelte, hasste er seinen Beruf. Keine Mutter sollte ihre Tochter zu Grabe tragen und so schon gar nicht. Das unvorstellbare Leid, sein Kind nie wieder um sich zu haben, machte ihn fertig und die Angst genau davor, ließ ihn auch eigene Kinderwünsche tief vergraben. Er hatte in seiner Zeit bei der Hamburger Kripo zu viel Elend gesehen und schaltete bei jedem Tatort ab, bei dem es um Kinder ging. Natürlich passte das nicht mit seinem Beruf zusammen, aber meist war er ja nur mit untreuen Ehemännern oder Frauen beschäftigt und das war auch gut so.

Silvia Timmermann öffnete die Tür und Gromow wäre am liebsten sofort umgedreht. War die Frau am gestrigen Morgen noch verunsichert und voller Sorge gewesen, war sie nun total zerstört. Ihre Augen waren von vielen Tränen gerötet, das Make-up verlaufen, die Nase lief, die Kleidung sah nachlässig aus. Nichts war mehr von der attraktiven Mittvierzigerin übrig geblieben.

»Kommen Sie rein«, schluchzte Silvia Timmermann und schniefte sich die Nase. Gromow betrat den Flur, ging an ihr vorbei und steuerte auf das Wohnzimmer zu. Den Helm legte er auf den Fußboden, drehte sich um und nahm die Frau in den Arm. Es war keine geplante Aktion, einfach ein Bedürfnis zu trösten. Zuckungen durchliefen ihren Körper, während sie sich an ihn lehnte.

»Kann ich Ihnen etwas holen? Einen Drink vielleicht?«

»Nein Danke. Meine Nachbarin war bis eben hier und mein Hausarzt auch. Er hat mir etwas zur Beruhigung gegeben. Es wird schon gehen.«

Sie löste sich von ihm und setzte sich auf das Sofa ihm gegenüber. Dabei zog sie die Beine unter den Körper und verschränkte die Arme vor ihrer Brust. In der Hand ein Taschentuch.

»Mein Beileid, Frau Timmerman.«

»Ich will, dass Sie das Schwein finden, das meiner Tochter das angetan hat!«

Gromow schaute sie verblüfft an. Der Stimmungswandel überraschte ihn. Von der trauernden Mutter zum Racheengel.

»Sie scheinen Verbindungen zur hiesigen Polizei zu haben, zumindest erwähnte die Kommissarin vorhin, dass sie Ihnen die Identifikation verdankt. Und als Detektiv können Sie bestimmt in einem Rahmen arbeiten, den die Polizei nicht hat.«

Sie guckte ihn herausfordernd an und Gromow fragte sich, ob sie damit meinte, finden und umlegen.

»Die Polizei wird den Mörder finden. Frau van Busche und ihr Team sind fähige Leute. An mir verschwenden Sie ihr Geld, Frau Timmermann. Außerdem tue ich nichts Illegales, falls Sie das meinten.«

»Tun Sie doch nicht so scheinheilig. Ich habe Sie gegoogelt, Sie haben dem Sohn des Hamburger Polizeipräsidenten die Visage eingeschlagen, weil er einer Prostituierten an die Wäsche wollte. Stellen Sie sich vor, Svenja wäre ihre Tochter gewesen.«

Genau das wollte er sich eben nicht vorstellen.

»Frau Timmermann, das ist eine alte Geschichte und es hat mich meinen Job bei der Polizei gekostet. Ich kann helfen, den Mörder zu finden, den Rest müssen Gerichte entscheiden.«

»Gut, ich gebe Ihnen 10000 Euro, wenn Sie den Mörder finden und mir den Namen sagen, bevor die Polizei ihn erfährt!«

Gromow schüttelte den Kopf, obwohl er die Frau schon verstehen konnte. Er war grundsätzlich ein friedliebender

Mensch, aber er könnte für sich in solch einer Situation auch nicht die Hand ins Feuer legen. Aus seiner Sicht war die Todesstrafe unmenschlich, wie Dostojewski schon vor über hundert Jahren festgestellt hatte. Manchmal waren Zweifel aber durchaus angebracht.

»Nein, ich suche den Mörder zu meinen normalen Konditionen. Finde ich ihn, informiere ich erst van Busche und danach direkt Sie. Mehr kann ich Ihnen nicht anbieten.«

»Fangen Sie einfach an. Ich lege noch 5000 drauf, falls Sie es sich anders überlegen.«

In Minuten war sie zur schwarzen Witwe mutiert und Gromow revidierte seinen Eindruck von vorhin. Er hob seinen Helm auf, verabschiedete sich und ging zu seinem Motorrad. Gerade als er den Schlüssel ins Schloss steckte, klingelte sein Telefon.

»Hier ist Maria.«

Wer zur Hölle war Maria? Gromow brachte ein gequältes »Hallo Maria« über die Lippen, während seine Neuronen durchs Gehirn feuerten und die Lösung suchten, die aber von Maria selbst geliefert wurde.

»Du warst so schnell heute Morgen weg und ich wollte dich fragen, ob du nicht Lust auf einen Single Malt hast?«

Schlagartig bewegten sich die Neuronen nicht mehr und sein Herzschlag beschleunigte sich. Vielleicht war es auch sein Rückenmark, was sofort entgegnete, »'Türlich. Muss mich nur frisch machen. Wir können uns um Sieben in der Palenke treffen.«

»Mein lieber Alexei, erstens habe ich eine wunderschöne Badewanne, in die auch zwei Personen passen und zweitens mache ich ein hervorragendes flambiertes Geschnetzeltes vom Rind mit Whisky.«

Es gab Situationen, in denen musste man nicht diskutieren und dies war definitiv eine davon. Er beendete das Gespräch, setzte den Helm auf und fuhr leicht dümmlich grinsend in Richtung Stadtmitte.

Kathrin van Busche war sauer. Stinksauer, wie der kleine Nachbarsjunge immer zu sagen pflegte, wenn er wütend auf seine Eltern war. Die Menschheit konnte mittlerweile bis zum Mars fliegen, aber kein störungsfreies Faxgerät bauen. Sie hätten sich definitiv früher mit der Vermisstenanzeige befasst, wenn sie denn vorgelegen hätte. Dass der Trottel Gärtner auch noch die Haarfarbe vergessen hatte, passte zu dem trostlosen Bild, das die Polizei gegenüber Silvia Timmermann abgegeben hatte, als sie am Nachmittag nach Schilksee gefahren waren. Einzig die Tatsache, dass Dr. Leiendecker von der Gerichtsmedizin bestätigt hatte, dass Svenja schon mindestens 72 Stunden tot war, konnte zu ihrem Trost beitragen, dass sie den Mord nicht hätten verhindern können. Nun suchten sie die zweite Vermisste, Lotta Abendrot, mit Hochdruck, da sich herausgestellt hatte, dass es die beste Freundin von Svenja gewesen war.

Sie hatten eben noch eine Konferenz abgehalten, Aufgaben verteilt, die Dringlichkeit der Fahndung nach Lotta erhöht,

Fotos per Mail an alle Wachen verschickt, da sie von einem Zusammenhang beim Mord an Svenja ausgingen und nun in Sorge waren, zu spät zu sein. Lotta war abends nicht nach Hause gekommen. Ihre Mutter hatte das Fahrrad später in der Nähe des Hauses ordentlich abgeschlossen am Straßenrand gefunden. Ihr Handy war aus und auch sonst gab es keinerlei Nachricht von ihr. Nach einer sorgenvollen Nacht war sie direkt in die Bezirkskriminalinspektion gefahren und hatte ihre Tochter als vermisst gemeldet.

Nun war van Busche auf dem Weg nach Hause, um ihren Sohn zu übernehmen, da ihr Freund und Vater von Nick, Johann Holstein, zur Arbeit musste. Er war Reporter bei den Kieler Nachrichten und sollte sich gleich das Handball-Länderspiel Deutschland – Polen in der ehemaligen Ostseehalle, wie sie in der Bevölkerung immer noch hieß, ansehen, um darüber zu berichten. Sie hasste es, unter Zeitdruck zu sein, konnte von Johann natürlich aber nicht verlangen, dass er bei seinem Job kürzer trat. Immerhin war er ihr zuliebe schon aus Mainz nach Norddeutschland gezogen und unterstützte sie, so gut er eben konnte. Sie hatte nach der Geburt von Nick in Teilzeit arbeiten wollen, was sich als Kommissarin allerdings schwer durchhalten ließ. Trotzdem hatte sie nicht wieder auf eine volle Stelle erhöht, obwohl sie dann die vielen Extrastunden wenigstens bezahlt bekommen würde. Zum Glück halfen ihre Eltern auch häufig, aber die waren große Handballfans und wollten ebenfalls zum Spiel. Sie stieg also auf ihr Rennrad und trat wütend in die Pedale. Gromow hatte sich auch noch nicht gemeldet und antwortete auch nicht auf ihre Nachricht. Wahrscheinlich ließ er es sich nach dem für ihn gelösten Fall einfach gutgehen. Sie schoss die Holtenauer Straße hoch und ärgerte sich wie immer über die unachtsamen Fußgänger, die aus den Geschäften traten und einfach über den Radweg zu ihren Autos gingen. Erst kürzlich hatte sie sich einen Helm zugelegt, obwohl sie es hasste, ihn aufzusetzen.

Ihr Telefon klingelte. Schnell hielt sie an, fischte das Gerät aus der Jackentasche, schielte auf das Display und ging ran.

»Hallo Niels, was hast du für mich?«

Eine kurze Pause trat ein und sie konnte sich gut vorstellen, dass der kauzige, fachlich aber über vielen stehende Forensiker wieder einmal überrascht von ihren hellseherischen Fähigkeiten war. Er unterdrückte seine Nummer, aber da er der Einzige war, den sie kannte, der das machte, war es wie sein Name in leuchtend roten Lettern. Das hatte sie ihm aber bisher noch nicht erzählt.

»Äh… Hallo Kathrin, ja, das habe ich tatsächlich. Leiendecker und ich glauben, dass das Opfer kurz vor seinem Tod noch Geschlechtsverkehr hatte.«

»DNA?«, unterbrach sie ihn und konnte ihr Glück kaum fassen.

»Nein. Nonoxynol-9«, erwiderte Hinrichs leicht verärgert über die Unterbrechung. Dabei wurde seine piepsige Stimme noch etwas höher und fast schrill.

»Die chemische Verbindung ist der wirksame Bestandteil in Spermiziden. Diese werden zur Empfängnisverhütung eingesetzt, um die Spermien abzutöten. Es gibt jede Menge Kondome, die das in der Gleitbeschichtung haben. Da wollte jemand auf Nummer Sicher gehen. Sorry, DNA kann ich dir nicht bieten.«

»Also hat sie ein Kondom benutzt.«

»Wir denken schon, da die Konzentration sehr niedrig war. Aber es gibt auch Scheidenzäpfchen oder separate Gele, die allerdings nur in Kombination mit Barriereverhütungsmitteln benutzt werden sollten.«

Van Busche seufzte. Das wäre ja auch zu schön gewesen.

»Es scheint auch, einvernehmlich gewesen zu sein. Leiendecker konnte keinerlei Verletzungen im Schambereich feststellen und die gibt es immer, wie du weißt. Es ist eine reine Männerphantasie, dass Frauen außer Schmerz etwas bei einer Vergewaltigung empfinden. Nur der Bluterguss am Hinterkopf deutet auf Gewalt hin. Aber das kann natürlich auch gut hinterher passiert sein.«

»Ja, da hast du wohl recht. Kommt leider häufig vor. Erst Liebe, dann Gewalt. Vielen Dank, dass du mich gleich angerufen hast.«

Van Busche beendete das Gespräch. Sie musste an die zahlreichen Übergriffe auf Frauen denken, zu denen es immer wieder kam und die Wut stieg in ihr empor, wenn sie an das typische »Sie wollte es doch auch oder es hat ihr doch gefallen« der Täter dachte. Es war immer das Gleiche. Für einige Menschen gab es einfach kein NEIN. Sie waren der Meinung, sie könnten sich nehmen, was immer sie wollten. Die Gesetze waren ihrer Meinung nach viel zu lasch. Für ihren Fall konnte das allerdings bedeuten, dass der Mörder das Opfer gekannt hatte, was den Täterkreis einschränkte und die Suche natürlich einfacher machte. Tatsächlich lag die Aufklärungsquote bei Mord genau deshalb deutlich über 90 Prozent, da der Täter fast immer im Bekanntenkreis zu finden war. Svenjas Mutter war sich aber sicher gewesen, dass ihre Tochter keinen Freund hatte und auch sonst nicht regelmäßig mit Jungs verkehrte. Das würden sie morgen weiter verfolgen müssen. Sie hatten beide Mütter für den Vormittag zum Gespräch gebeten und danach wollten sie der Schule einen Besuch abstatten.

Als die Kommissarin ihre Haustür aufschloss, stand Johann schon abmarschbereit und leicht angesäuert dahinter. »Nick hat schon gegessen, ist gewaschen und umgezogen und wartet auf dich!«
Sprach's und verschwand durch die Tür.

Ihr letzter Atemzug

Sie war extrem angespannt, in großer Sorge um ihre beiden Freundinnen. Da stimmte etwas nicht. Und sie wusste, dass da was lief zwischen ihm und Svenja. Doch was war jetzt auch noch mit Lotta los? Sie zog sich ihre neue blaue Reizwäsche an, dazu die schwarze Strumpfhose, das kurze schwarze Kleid und den dicken, roten Fleece-Pullover darüber. Es war kalt geworden, sehr kalt. Ihre Gedanken rasten wie wild: War Svenja jetzt etwa bei ihm eingezogen? Hatte Lotta auch was mit ihm? Wieso meldeten die sich nicht bei ihr? Dann schlich sie am Wohnzimmer vorbei. Ihre Eltern schauten Fernsehen. Die Tür war zu, sie würden ihre kurze Abwesenheit gar nicht bemerken. Sie schloss ihr Fahrrad auf, das vor dem schmucken Einfamilienhaus in der Neubausiedlung in Kiel-Altenholz stand. Noch ein Blick aufs Smartphone, auf die WhatsApp-Nachricht von ihm: »Villa Hoheneck, 23 Uhr, dann erkläre ich Dir alles. Zieh' Dir was Schönes an!« Dann radelte sie los.

Sie fuhr die Danziger Straße hinunter. Natürlich ist er ein richtig toller Mann. Und ein erfahrener Liebhaber ist vermutlich gerade beim ersten Mal nicht das Schlechteste. Aber wo steckten Svenja und Lotta jetzt? An ihren Beinen wurde es nun verdammt kalt. »Will er jetzt auch was mit mir anfangen?« Sie fuhr schneller und nahm den Schilksee-

Wanderweg, der hinunter zum Kanal und nach Holtenau führte.

Nur kurze Zeit später erreichte sie das Friedrich-Voß-Ufer. Inzwischen brach die komplette Dunkelheit herein. Ihr war mulmig zumute. Sie bog links in die kleine Ringstraße ein, die zur Villa Hoheneck führte. Komischerweise war alles dunkel, als sie den weißen Prachtbau mit den roten Dächern und dem schönen Turm von Weitem sah. Sie wusste, dass der Biergarten mit dem tollen Blick auf den Nord-Ostsee-Kanal und die Holtenauer Hochbrücke erst nächstes Jahr wieder mit neuem Konzept geöffnet wurde. Aber warum war im Restaurant nichts los?

Dann sah sie ihn. Ihr Herz raste. Er stand locker vor dem verschlossenen grünen Gitterzaun der Villa Hoheneck und rauchte eine Zigarette. Nervös strich sie sich die blonden Haare aus ihrem Gesicht. »Da bist Du ja endlich, mein süßes Täubchen«, sagte er und lächelte vergnügt. Sie sagte nur schüchtern »Hallo« und merkte, wie sie plötzlich immer mehr ihren Mut und ihre Entschlossenheit verlor. Alle ihre Fragen, die so ungemein wichtig waren, konnte sie nicht stellen. Ihr Hals war wie zugeschnürt. Er drückte seine Zigarette aus und umarmte sie überschwänglich. Dabei kam er ihr nah, viel zu nah, so dass sie seine Brust an ihren Brüsten deutlich spürte. Er umfasste ihren Hintern und schob dabei seine Hände unter ihr schwarzes kurzes Kleid. Sie atmete tief ein. »Schön siehst Du aus, mein Täubchen, sehr sexy«, flüsterte er nun ebenfalls schwer atmend. »Das törnt mich richtig an.« Sie versuchte, seinen festen Griff etwas zu lockern, indem sie ihren Oberkörper zurück lehnte, was ihr aber nicht gelang. Seine Hand wanderte in ihren Slip. »Wo, wo ist Svenja? «, fragte sie leicht abwehrend mit zitternder Stimme. »Sie ist bei mir, in Sicherheit. Mach' Dir keine Sorgen«, antworte er mit ruhiger Stimme. »Doch jetzt zählst nur Du, Du kleines geiles Täubchen.«

Er öffnete ihren Fleece-Pullover und drang von vorne mit seiner rechten Hand unter ihrem Kleid von oben zu ihren Brüsten vor. Die Hand wanderte unter ihren BH und ergriff ihre linke Brust. Er umspielte ihre lange Brustwarze. Sie empfand keine Lust, ganz im Gegenteil, es tat weh. Das hatte sie sich alles völlig anders vorgestellt. Er war erregt, sehr erregt und presste sich noch stärker gegen sie. »Nein, das will ich nicht«, sagte sie nun schwer atmend, aber deutlich. Er nahm ihre rechte Hand und führte sie zu seiner Jeans, zu seinem erigierten, harten Glied. »Natürlich willst Du es. Ich mache es Dir wunderschön.«

»Nein, nein, nein», schrie sie nun so laut sie konnte und stemmte sich mit beiden Armen kräftig gegen seinen Körper. »Wenn Du geiles Täubchen Nein sagst, meinst Du doch in Wirklichkeit Ja«, erwiderte er ruhig, aber inzwischen zornig. »Neeeeiiiinn», brüllte sie voller Wut und in Todesangst aus sich heraus und versuchte, seine widerliche Umklammerung mit Tritten gegen sein Schienbein zu lösen. Er packte sie mit seinen beiden kräftigen Armen an ihrem Hals und drückte entschlossen zu. Sie schlug mit ihren Fäus-

ten gegen seinen Magen. »Du willst es«, sagte er laut mit starrem Blick. Sie schlug weiter, bekam aber keine Luft mehr, japste verzweifelt. Ihre Augen wurden starr. »Du willst es«, widerholte er wie im Wahn und drückte noch fester zu. Sie trat mit letzter Kraft nochmals nach seinem Schienbein. Sie bekam keine Luft mehr, Schwindel, dann hörten Ihre Fäuste auf zu schlagen. Ein Zucken ging durch ihren ganzen Körper. Ihre großen blauen Augen flehten ihn weit geöffnet an. Es war ihr letzter Atemzug.

Schweigen

Die Gespräche mit den beiden Müttern hatten außer weiteren Tränen nichts gebracht. Beide waren sich absolut sicher, dass ihre Töchter in letzter Zeit keinen Freund und auch keinen Sex gehabt hätten. Das wüssten sie als Mütter hundertprozentig. Es würde immer alles erzählt werden. Selbst van Busches Hinweis auf das benutzte Kondom wurde schlichtweg verneint, das müsse eine andere Ursache haben, vielleicht Selbstbefriedigung. Van Busche war bestimmt kein Kind von Traurigkeit, hatte aber definitiv Schwierigkeiten, sich vorzustellen, wie sich eine 18-Jährige selbst befriedigt und dabei ein Kondom benutzt, noch dazu mit Spermiziden bestrichen. Aber es war schwierig, mit einer Mutter, die ihr Kind auf so grausame Art und Weise verloren hatte, rational zu diskutieren. Also mussten sie es jetzt im weiteren Umfeld probieren. Jeder Teenager hatte Geheimnisse, die garantiert nicht mit der Mutter geteilt wurden. Davon konnte van Busche ein Lied singen, obwohl sie wirklich ein offenes Verhältnis zu ihren Eltern gehabt hatte und auch immer noch pflegte.

Jetzt war sie mit der neuen Kollegin Angelica Scholz auf dem Weg zur Schule. Meyer fiel mit seinem Rücken weiter aus und betrieb nur Internet-Recherche, Wilhelm hatte sie nicht in seinem Büro gefunden, er wollte sich um den Trainer kümmern. Also musste die über 1,80 große und sportliche Scholz mit. Sie war erst seit drei Monaten in der Abteilung, machte aber einen tüchtigen Eindruck. Zudem galt sie als äußerst belesen und hatte schon mit so manchem Zitat überrascht. Van Busche war selbst ziemlich sportlich, hatte aber Schwierigkeiten, mit ihr Schritt zu halten, als sie sich dem alten, beeindruckenden Gemäuer näherten. Der Efeu rankte links und rechts am dreistöckigen Gebäude empor und rahmte den Haupteingang ein. Von außen sah das Gymnasium wie eine Lehranstalt aus, die als Filmkulisse in einem alten Pennäler-Film mitgespielt hatte, und so war sie wahrscheinlich auch. Van Busche hatte sich die Schulhomepage angeschaut und dort den Leitspruch »Wir sehen uns in erster Linie als Stoffvermittler der Lernenden, die Lehrherren« gefunden.

Wie das in die heutige Schullandschaft passte, war der Kommissarin nicht ganz klar. Ständig geisterten in der Presse Schlagworte wie Inklusion, individuelle Förderung, pädagogische Ziele, Gemeinschaftsschule herum und hier dachten die »Lehrherren«, dass 30 unterschiedliche Kinder in der gleichen Zeit den gleichen Lernerfolg erzielen konnten. Sie jedenfalls war froh, Lehrer gehabt zu haben, die sich in erster Linie als Pädagogen verstanden hatten und nicht als Stoffvermittler. Das hatte ihr in so manch schwieriger Situation doch stark geholfen. Wer weiß, wo sie sonst gelandet wäre. Bestimmt nicht bei der Kripo.

Van Busche verkniff sich ein Grinsen, als sie die Tür zum Sekretariat öffnete und sich und Scholz bei der unfreundlich dreinschauenden Empfangsdame anmeldete.

»Guten Morgen, ich bin Kriminalkommissarin Kathrin van Busche und das ist meine Kollegin Kommissarin Angelica Scholz. Wir haben einen Termin bei Herrn Rex.«

Ohne die Begrüßung zu erwidern, griff die Sekretärin zum Telefon, drückte auf die Kurzwahltaste.

»Die Schnüffler sind da«, bellte sie in den Hörer und die Gegenseite musste entweder ein Philanthrop sein oder die alte Xanthippe nicht als solche wahrnehmen.

Ohne sich weiter um sie zu kümmern, drehte sie sich wieder ihrem Bildschirm zu.

Van Busche und Scholz schauten sich irritiert an, als eine Tür aufging und ein braungebrannter Mittfünfziger auf sie zukam.

»Guten Morgen, ich bin Arnold Rex, kommen Sie doch bitte rein.«

Die Verwunderung wuchs, als sie in das Büro kamen und dort schon jemand saß, der sich als Dr. Steffen Grimm, Konrektor, vorstellte. Beide hatten eine Aura des Überheblichen und van Busche versteifte sich. Eigentlich hatte sie keine Vorurteile Lehrern gegenüber, ganz im Gegenteil, sie beneidete keinen Pädagogen um seinen Job in der heutigen Zeit und sah Parallelen zum Polizistenberuf. Doch Grimm und Rex konnten so ziemlich jedes Klischee erfüllen, was sie je über Lehrer gehört hatte. Der eine der perfekte Bürokrat, im maßgeschneiderten Anzug, mit manikürten Fingernägeln, perfekt frisiertem grauen Kurzhaar, der andere der typische Studienrat mit Drei-Tage-Bart, verlebter Lederjacke, offenem Hemd und goldener Kette. Sie schaute erneut zu Scholz, die sich ganz klein in ihrem Stuhl machte und schwieg.

Also übernahm sie das Kommando und versuchte, sich ihre Ressentiments nicht anmerken zu lassen.

»Wir sind hier wegen Svenja Timmermann und Lotta Abendrot, die eine tot, die andere vermisst. Jede Information kann helfen.«

Es war Rex, der den Ball aufnahm.

»Wir werden ihnen kaum helfen können. Natürlich bedauern wir den Tod einer Schülerin, aber wir pflegen hier einen sehr distanzierten Stil und beschränken uns auf das reine Vermitteln des geforderten Fachcurriculums. Daher können wir Ihnen nichts Privates zu den Schülerinnen sagen.«

Natürlich nicht, du Arschloch. Van Busche schluckte ihren aufkommenden Zorn hinunter und erwiderte, »Das kann ich mir vorstellen, aber es muss doch Klassenlehrer oder Tutoren oder so etwas geben, die vielleicht mehr sagen können?«

»Oder so etwas gibt es bei uns nicht und Tutoren schon lange nicht mehr. Es sind wieder Klassenlehrer. Dr. Grimm sitzt hier, da er unser Oberstufenleiter ist und somit die meisten Schülerinnen und Schüler kannte.«

Die Kommissarin stutzte kurz beim Präteritum. Lotta galt bisher nur als vermisst, aber vielleicht war sie da zu empfindlich. Sie blickte erwartungsvoll zum Konrektor.

»Wie Herr Rex schon erwähnte, beschränken wir hier den Kontakt auf ein Minimum und stellen den Stoff in den Mittelpunkt. Ich weiß nur, dass die beiden befreundet waren und nebeneinander saßen. Ansonsten kann ich Ihnen ebenfalls nichts sagen.«

»Nichts zu irgendwelchen Freunden? Nie von Partys gehört, wenn Sie reinkamen? Private Gespräche während einer Arbeitsphase, gar nichts? Ist das hier ein OP oder was?«, brach es aus Scholz heraus, während ihre blauen Augen wütend funkelten. Van Busche nickte anerkennend und schaute herausfordernd zum Schulleiter und seinem Co.

»Dreimal Nein, Frau Scholz. Aber Ihr Vergleich mit dem OP gefällt mir. Stellen Sie sich vor, der Operateur soll Ihnen einen lebenswichtigen Bypass legen. Da wären Sie sicherlich auch froh, wenn er sich auf seine Arbeit konzentriert und nicht noch ein Schwätzchen mit Ihnen hält. Und nun muss ich Sie leider verabschieden. Der Unterricht beginnt wieder.« Er stand auf und ging zur Tür. Sein Zahnpastalächeln wies ihnen den Weg und Scholz war versucht, es ihm einzuschlagen, so wütend war sie, konnte sich aber beherrschen und so entgegnete sie beim Rausgehen nur, »Im Übrigen hätte ich mich gefreut, wenn mich der Arzt vor der OP zu meiner persönlichen Situation befragt hätte, um ein wenig Vertrauen aufzubauen. Auf Wiedersehen.«

»Da kommen wir wohl auch nicht weiter. Solch borniert Arschlöcher«, ließ Scholz ihrer Wut freien Lauf, als sie draußen waren.

»Das stimmt. Absolute Unsympathen. Hier wäre ich nicht gerne zur Schule gegangen.«

63

»Und ich hatte ein Déjà-vu. Genau solche Typen hatten wir als Lehrer bei uns am Internat. Ich hätte kotzen können. Null Pädagogik, nur Paragraphen. Deswegen bin ich abgehauen und habe alles über den zweiten Bildungsweg nachholen müssen.«

Das erklärte Einiges, dachte sich van Busche, fand es aber auch beeindruckend, wie Scholz es geschafft hatte, mit 29 bei der Kripo gelandet zu sein.

»Tja, zum Glück gibt es auch jede Menge andere. Bei mir war es ganz nett.« Dazu gab sie Scholz einen kleinen Knuff auf den Oberarm und grinste.

Alexei Gromow stand in seinem Hotel unter der Dusche und ließ seinen Gedanken freien Lauf. Das Wasser lief ihm brühend heiß über seinen trainierten Körper und der Dampf ließ den großen Spiegel im Badezimmer beschlagen. Nach einer denkwürdigen Nacht war er zum Frühstück in sein Hotel gefahren, um sich wieder vorzeigbar zu machen. Er überlegte, ob er Kathrin von den Nacktfotos erzählen sollte. Vielleicht waren sie wichtig, vielleicht beschmutzte er damit aber auch nur das Andenken an ein junges Mädchen. Vor Gericht konnten sie eh nie verwendet werden, da er eindeutig illegal in ihren Besitz gekommen war. Er konnte natürlich einen Tipp geben und dann könnte Kathrin sie sich offiziell besorgen. Sie hatte mehrfach versucht, ihn zu erreichen. Aber er gehörte tatsächlich zu den wenigen Menschen, die ein Smartphone auch richtig ausschalten konnten, wenn sie ungestört sein wollten. Da hatte die heutige Head-Down-Generation sicherlich kein Verständnis für, aber er wollte nicht immer erreichbar sein. Seine Großeltern, bei denen er früher immer die Sommerferien verbracht hatte, weigerten sich, ihr altes Wählscheibentelefon gegen eins mit Tasten umzutauschen und zogen zur Mittagsstunde immer den Stecker heraus. Er hatte das geliebt. Trotzdem freute er sich natürlich auch über die Errungenschaften der Technik, aber gestern Abend lag seine Freude eindeutig in einem anderen Bereich. Maria hatte ihre Leidenschaft mit ins Bett gebracht, er seine Erfahrung und so hatten sie sich perfekt ergänzt. Das hatte er schon ewig nicht mehr so gehabt. Genauer gesagt, noch nie. Gromow stellte die Dusche ab und rieb sich trocken.

Er setzte sich nackt aufs Bett und schrieb eine Whatsapp an Kathrin.

Sorry, war verhindert. Mittagessen? 13 Uhr Schweinske in der Holtenauer? Gruß Alexei

Danach machte er dreimal 50 Liegestütze und zog sich an. Als er fertig war, leuchtete ihre Antwort auf dem Display.

So nennt man das also ;-) Geht klar, du zahlst. LG Kathrin

Als er kurz nach eins im Schweinske ankam, sah er Kathrin schon draußen auf der Holzterrasse in der Sonne sitzen. Er stellte seine Yamaha an den Rand des Bürgersteiges, in der Hoffnung, kein eifriger Schutzmann würde daran Anstoß finden und ihn vom Essen wegholen. Das Wetter war angenehm warm, in der Sonne schon fast heiß, aber ein leichter Ostwind kam über die Förde und brachte eine leichte Kühlung. Kathrin schob sich ihre Sonnenbrille in die blonden Haare und winkte ihm von ihrem Platz zu. Zwar lag die Terrasse direkt an der Holtenauer Straße und es war dementsprechend laut, doch Wetter und gutes Essen machten diesen Nachteil mehr als weg. Gromow steuerte auf die Kommissarin zu und nahm sie kurz in den Arm. Dann legte er seine dunkle Motorradkleidung auf den Nachbarstuhl.

»Hallo Kathrin, gut siehst du aus. Der Stress mit Nick scheint dir nichts anzuhaben.«

Dabei zwinkert der Detektiv ihr leicht zu.

»Du alter Charmeur. Ich weiß genau, dass ich Augenringe vom Schlafmangel habe. Jetzt dazu noch dieser grässliche Fall mit den jungen Mädchen. Ich fühle mich, als ob ich eine Woche durchschlafen könnte.«

»Kannst du doch in ungefähr zehn Jahren, wenn das zweite Kind zeitnah kommt.«

Zum Glück unterbrach die Kellnerin ihr Gefrotzel und sie bestellten Essen. Gromow musste nicht auf die Karte gucken. Das war das Schöne an diesen Ketten, die es in mehreren Städten gab.

»Eine Currywurst XL mit extra scharfer Soße und Pommes bitte und ein alkoholfreies Hefeweizen.« Zufrieden lehnte er sich zurück und beobachtete Kathrin bei ihrer Bestellung. Sie sah tatsächlich ziemlich kaputt aus und er konnte es gut nachvollziehen, zumindest den Teil mit der Arbeit. Obwohl, wenn er genauer darüber nachdachte, hatte er in den letzten beiden Nächten auch ziemlich wenig geschlafen.

»Einmal die hausgemachte Lasagne und eine Apfelschorle bitte.«

Die etwas füllige Kellnerin mit südländischem Touch tippte alles in ihr Bestellgerät ein und verschwand in Richtung Küche, nicht ohne Gromow noch ein nettes Lächeln zuzuwerfen.

»Gibt es eigentlich Frauen, die dir widerstehen können?«, holte van Busche ihn aus seinen Träumen zurück.

»Klar, du bist eine davon und frag mal meine Ex. Die findet bestimmt kein gutes Wort für mich.«

»Das kann ich mir vorstellen. In Hamburg gibt es ja auch noch mehr Studentinnen. Aber lass mal gut sein, jeder wie er mag und ich habe nicht viel Zeit. Wir suchen mit Hochdruck nach dem zweiten Mädchen.«

Sie setzte Gromow auf den aktuellen Stand der Ermittlungen, auch wenn sie das nicht durfte. Seit dem Dreifachmord im letzten Jahr genoss der Detektiv einen hervorragenden Ruf bei der Kieler Kripo und ihr fehlte Horst Lorentzen, ihr Chef. Gromows Meinung war ihr wichtig, denn sie vertraute ihm voll und ganz.

»Das hört sich leider tatsächlich nach einer ganz üblen Geschichte an, da gebe ich dir Recht und die Zeit läuft euch davon. Habt ihr Infos aus dem Sportumfeld bekommen?«

»Wilhelm hat den Trainer erreicht, aber auch der hat nur die unzertrennliche Freundschaft von Svenja und Lotta bestätigt. Männergeschichten waren ihm keine bekannt. Er konnte sich auch nur an Gina als Dritte im Bunde erinnern, die spielt aber seit einem Jahr kein Volleyball mehr. Leider erreichen wir dort niemanden. Wilhelm und ich wollen gleich nach dem Mittag hinfahren.«

»Ich habe gestern mit ihr in der Schule durch Zufall gesprochen. Aber sie war auch ziemlich abweisend und ist schnell verschwunden, als ich nach Svenja und Lotta gefragt habe. Vielleicht solltet ihr sie aufs Revier holen. Das macht ja doch manchmal Eindruck.«

»Erst mal müssen wir sie überhaupt erreichen.«

»Da ist noch eine andere Sache«, wechselte Gromow das Thema.

»Habt ihr euch Svenjas Tablet angeschaut, sie hat einen Kindle Fire. Der lag in ihrem Zimmer.«

»Niels müsste gerade in Schilksee sein und alles Wichtige abholen, dazu gehört natürlich auch so ein Tablet. Warum?«

»Na ja, ich habe mir die Foto angeschaut. Offensichtlich werden die Fotos von ihrem Smartphone direkt in die Amazon-Cloud hochgeladen, so dass sie mit verknüpften Geräten sofort angeschaut werden können. So habe ich das zumindest eingerichtet, damit alles gleich gesichert ist. Es waren Nacktfotos von ihr drauf. Ich glaube, sie hat Ausdrucke abfotografiert. Sie sah ziemlich zu aus, als ob sie etwas genommen hatte. Das muss natürlich nichts bedeuten, könnte aber wichtig sein.«

»Auf jeden Fall heißt es, dass es doch Geheimnisse gab. Hätte mich auch ehrlich gesagt gewundert, wenn eine 18-Jährige ihrer Mutter alles erzählt. Sexting ist ja momentan auch ziemlich in.«

Van Busche zückte ihr Handy und schrieb Hinrichs eine SMS, dass das Tablet höchste Priorität haben sollte.

»Kennst du einen Lehrer, dem du vertraust?«, fragte Gromow die Kommissarin.

»Nicht wirklich. Aber der Mann von Hinrichs Assistentin Urte Wetko ist Pauker. Das hat er mir mal auf einem Grillabend erzählt. Er machte einen ganz anständigen Eindruck.«

»Ich glaube, ihr braucht jemanden in dem System. Vielleicht kann er euch ein paar Tipps geben. Jugendliche sind echt schwer zu knacken. Ich kann ein Lied davon singen, da ich häufig irgendwelche ausgerissenen Teenager in Hamburg suchen muss.«

»Ja, ich weiß. Ich könnte heute Abend bei ihm vorbeifahren, da ich Nick eh nach Heikendorf zu meinen Eltern bringen muss und die auch da draußen wohnen. Johann soll mit der Nationalmannschaft zum Rückspiel nach Warschau reisen und ich brauche sie wieder als Babysitter.«

»Mach das. Schadet bestimmt nicht. Ich werde die Klassenkameraden der beiden abgrasen, die ich von dem Klassenfoto ausfindig machen kann, welches ich in der Schule abfotografiert habe.«

Ihr Essen kam und für eine kurze Zeit schalteten beide ab und widmeten sich dem Mittag und Smalltalk.

Ein grausamer Fund

Vierhusen – zwischen Plön und Bornhöved am Nachmittag

Die Männer vom Kieswerk Vierhusen kurz vor Schmalensee an der B430 gehörten zwar wie alle Mitarbeiter der fünf Werke zum Kies-und Schotterwerk Kreuzfeld, aber genau genommen arbeitete jedes Team für sich und hatte mit den übrigen vier anderen wenig zu tun. Allerdings herrschte ein prima Arbeitsklima in allen Werken und man sah sich nicht als Konkurrenten, sondern als Teil des Großen und Ganzen. Es gab Mitarbeiter, die waren schon über 40 Jahre im Betrieb, was nicht zuletzt am Besitzer und Chef lag, der seine Angestellten stets fair und respektvoll behandelte und einen sicheren Arbeitsplatz garantierte.

Eckardt Biss war seit 23 Jahren Verlademeister in Vierhusen. In Wirklichkeit machte er aber auch alles andere und so saß er gerade mal wieder auf seinem Cat Radlader 966H, einem Spielzeug für die wirklich großen Jungs. Seine 4,2m³ Inhalt fassende Schaufel pflügte sich durch den 8/16er Kies, den er von der Sortieranlage, die rund 350 to/h waschen und klassieren konnte, zur Verladestelle brachte, als neben ihm ein kleiner Mann aus einem Opel Zafira mit noch kleinerem Anhänger stieg. Der kleine Mann reichte gerade bis zur Oberkante der Reifen und der Lärm des 195 kw starken Dieselmotors machte eine Verständigung nahezu unmöglich, zumal die neueren Fahrzeuge alle über exzellente Schallschutzgehäuse verfügten. Aber Eckhardt Biss war ein freundlicher Mann, wenngleich er lieber Kies fuhr, als Familienvätern ihre viel zu kleinen Baumarktanhänger zu füllen.

»Ich brauche den Anhänger voll 8/16er Kiesel für meinen Garten«, brüllte der kleine Mann, als Eckhardt Biss die Tür geöffnet hatte.

»Soll ich so stehen bleiben?«, schrie er noch hinterher.

Der Verlademeister, kein Freund großer Worte, nickte kurz und hob den Daumen. Dann setzte er zurück, um an der Seite des Haufens neu anzusetzen. Die Kunst bei diesen Baumarktanhängern war, sie nicht zu überladen, was mit einem Radlader dieser Größe praktisch unmöglich war. Ein Kubikmeter Kies wog ca. 1,6 Tonnen. Er musste also weniger als einen halben Kubikmeter auf diese winzige Ladefläche kippen. Langsam fuhr er an den Rand des Haufens und senkte leicht die Schaufel. Nach und nach füllte er diese vorsichtig, indem er den Radlader langsam vorwärts schob, als er das kleine Männchen hektisch winkend neben sich auftauchen sah. Eckhardt Biss mochte es gar nicht, wenn sich die Kunden im Bereich des Fahrzeugs aufhielten, während er arbeitete. Es gab zu viele tote Winkel bei diesem Monstrum und zu leicht konnte ein Unglück geschehen. Doch das kleine Männchen hüpfte von einem Bein auf das andere, schmiss die Arme hin und her, dass sie drohten, auszukugeln, und sah aus, als ob er die vier apokalyptischen Reiter aus der Offenbarung des Johannes gesehen hätte. Eckhardt Biss folgte langsam mit den Augen den hektischen Bewegungen des Männchens und erstarrte. Aus seiner Schaufel lugte ein nacktes Bein.

Blankes Entsetzen über die nächste Tote

Kiel-Kitzeberg, 12. Juni

Wie aus dem Nichts war ein heftiges Unwetter über Kiel aufgezogen. Die Temperaturen stürzten von 25 Grad auf gefühlten Herbst mit nur noch 12 Grad ab. Dazu brachte das Sturmtief »Dietmar« von der Nordsee Windstärken bis 11 sowie extremen Dauerregen mit sich. Kommissarin Kathrin van Busche war mit ihrem dunkelgrünen Käfer Cabrio Baujahr 1974 unterwegs auf dem Ostufer der Landeshauptstadt. Es zog durch alle Ritzen und auch das farblich passende Verdeck war nicht mehr hundertprozentig dicht. Zum Glück hatte sie kurz vor dem Beginn des Sturmes ihren kleinen Sohn bei ihren Eltern in Kitzeberg vorbei gebracht, so dass zumindest er in Sicherheit vor dem Unwetter war. Van Busche bog wieder auf die Hauptstraße, die direkt nach Heikendorf führte. Die alten Scheibenwischer kamen gegen den Dauerregen kaum an und so drosselte sie ihr Tempo auf 20 km/h, während sie über die Dorfstraße schlich. Die Scheibe beschlug langsam, da das alte Verdeck des Cabrios die Feuchtigkeit durchließ. Van Busche orientierte sich am Schulzentrum und der Tankstelle und hielt Ausschau nach der Abzweigung Richtung Strand. Als sie verschwommen das Aldi-Schild wahrnahm, setzte sie den Blinker und wurde noch langsamer. Van Busche hatte das Gefühl auf einem Boot und nicht in einem Auto zu sein. Kurz nach dem Abbieger musste sie erneut nach links in den kleinen Rührsbrook, um am Ende im Wendehammer zu parken. Leider hatte sie noch fast hundert Meter zu dem schmucken Reihenendhaus zu laufen. Sie holte tief Luft, riss die Tür auf und rannte los.

Der Starkregen durchnässte die Kommissarin, die nur ein rosa Top und eine dünne Leggins trug, unmittelbar auf dem Weg zum Haus des Lehrers Marc Wetko und seiner Frau, der Kriminaltechnikerin Urte Wetko. Der Pädagoge stand schon in der Eingangstür und ließ die klitschnass geregnete Leiterin der SOKO hinein. »Bei dem Schietwetter habe ich doch glatt den Kamin angeschmissen – und das mitten im Juni«, erklärte Wetko kopfschüttelnd. Die beiden setzten sich ins Wohnzimmer zum flackernden, schön heiß bollernden Kamin und der Hausherr reichte der Kommissarin ein Handtuch zum Abtrocknen.

»Marc, wie Du ja sicherlich von Urte weißt, ermitteln wir derzeit bei einem Mordfall an einem Gymnasium«, begann van Busche das Gespräch.

»Ja, das ist echt heftig, was da zum Teil an den Schulen abgeht«, antwortete Wetko. »Willst Du einen Kaffee?«

Die Kommissarin bejahte die Frage und ging mit dem kräftigen, großgewachsenen Lehrer gemeinsam in die Küche. »Stimmt das, dass Sexting bei den Schülern total angesagt ist? «

»Das Spielen mit sexuellen Reizen gab es schon immer«, antwortete Wetko und reichte van Busche einen Milchkaffee. »Früher haben sich die Mädchen heimlich nackt vor dem Fenster gezeigt, heute gehen sie im Minirock und hautengen Top in die Schule oder schicken sich Nacktfotos über Whatsapp und Snapchat aufs Handy. Echt krass.«

»Und reagieren die Eltern oder die Lehrer denn gar nicht? «

»Das ist natürlich total unterschiedlich«, erklärte der Pädagoge. »Viele machen das ja auch richtig und besprechen mit ihren Kindern die Gefahren von Nacktfotos im Internet, bei Messenger Diensten oder von anzüglichen Fotos bei Facebook. «

Wetko ging mit der Kommissarin zurück ins Wohnzimmer und legte zwei Scheite Holz im Kamin nach. »Andere versagen da völlig, zum Teil sogar die Lehrer«, fuhr Wetko fort. »Die ärgern sich dann maßlos im Lehrerzimmer, wenn so ein Teenager aussieht wie eine Prostituierte auf der Herbertstraße, sprechen das dann aber nicht offen an.«

»Wie sollte man denn genau reagieren?«, fragte van Busche nach und trank einen Schluck Milchkaffee.

»Also, ich mache es so«, begann Wetko, »nach dem Pausengong Klassentür zu und Gespräch unter vier Augen. Das ist besser, damit man die Schülerin nicht vor den anderen bloß stellt.«

»Und dann?«

Der Platzregen draußen wurde nun noch stärker. Eine Salve des Wolkenbruchs traf mit einer kräftigen Böe gegen das große Wohnzimmerfenster, obwohl es vom Terrassendach eigentlich gut geschützt war.

»Dann erst mal loben, dass sie ein hübsches Mädchen ist. Das hören alle Mädels gerne«, legte der Lehrer los und war nun voll in seinem Element. »Meist putzen sie sich so raus, weil sie Minderwertigkeitskomplexe haben.« Aber dann erkläre er Ihnen klipp und klar, dass die Kleidung so nicht im Unterricht geht. Die Jungs könnten dann gar nicht mehr folgen und würden nur noch an das eine denken: nämlich an Sex. »Außerdem mache ich Ihnen klar, dass es nicht nur um das Äußere geht, der Charakter und die Persönlichkeit sind doch viel wichtiger.«

Wetko erklärte, dass er die Mädchen dann unmissverständlich nach Hause zum Umziehen schicken würde. Den Mädchen würde er mitteilen, dass dies mit der Schulleitung und dem Elternbeirat so abgesprochen wäre und wenn die Mädchen oder die Eltern sich deswegen beschweren wollten, stünde Ihnen natürlich die Tür zur Schulleiterin jederzeit offen.

»Das hagelt bestimmt Beschwerden«, ahnte van Busche nichts Gutes.

»Ganz im Gegenteil«, antwortete Wetko, »es gab bislang keine einzige.« Der Lehrer lächelte verschmitzt und schaute über den Rand seiner schmalen Brille. »Es stimmt zwar nicht, dass das so abgesprochen ist, aber bislang hat sich noch keine zur Schulleiterin getraut.«

Van Busche war ob des Bluffs des Pädagogen überrascht und dachte, dass man gegen ihn bestimmt beim Poker auch kein leichtes Spiel hätte.

»Aber es gibt auch Pauker, die sind so was von naiv oder blöd, das gibt's gar nicht«, wetterte Wetko nun gegen die eigenen Kollegen und meinte, dass vor allem alleinstehende Lehrer manchmal richtig komische Typen wären. »Wir haben bei uns eine neue junge Mathematiklehrerin, die hat wirklich große Brüste. Und was meinst Du, was sie grundsätzlich trägt, Kathrin? «

»Keine Ahnung«, entgegnete die Kommissarin.

»Wollpullis mit so einem V-Ausschnitt«, sagte Wetko und zeigte mit seinen Armen fast bis zum Bauchnabel. »Dazu nichts drunter, gar nichts!« Das I-Phone des Lehrers vibrierte auf dem Wohnzimmertisch. »Wenn die sich vor den Schülern runter beugt, um ihnen etwas zu erklären, sehen die nur noch himmlische Glocken und singen Halleluja.«

Marc Wetko schaute auf sein Handy und sagte überrascht, »Oh, Urte kommt heute später. Noch ein totes Mädchen, im Kieswerk Vierhusen.« Kommissarin Kathrin van Busche schaute Wetko entsetzt und zugleich ungläubig an. Wetko gab ihr wie zum Beweis sein I-Phone. Nun klingelte auch das Smartphone der Kommissarin.

»Ich bin schon unterwegs. Für Tote mache doch auch ich alles«, sagte van Busche dem völlig verdutzten Kriminaltechniker Niels Hinrichs, ohne ihn zu begrüßen.

Nur 35 Minuten später war van Busche am Fundort der Leiche. Sie nahm sich drei Tic Tac. Es regnete weiterhin wie aus Kübeln, zudem zog ein kräftiges Gewitter auf. Hinrichs und Urte Wetko hatten die Tote auf einer Trage mit dem typischen weißen Leichensack ins Büro des Kieswerks in Viehusen gebracht. Verlademeister Eckardt Biss saß kreidebleich auf einem Stuhl im Büro und starrte apathisch aus dem Fenster zum prasselnden Regen. Die tote Frau war klein, komplett nackt und sehr jung. Der Kies ließ die gesamte Haut fast grau erscheinen.

»Bei dem Mistwetter haben wir auf das Zelt verzichtet und die Leiche gleich reingebracht. Der Radlader hatte eh schon Fakten geschaffen. Sonst wäre die Spurensicherung unmöglich gewesen«, begrüßte Hinrichs die Kommissarin. »Von wem wusstest Du denn, dass wir hier sind? «

Urte Wetko sagte zu van Busche: »Schöne Jacke. Genau die gleiche habe ich auch. «

»Es ist nicht die gleiche, sondern dieselbe«, antwortete van Busche. »Dein Mann hat sie mir als Leihgabe mitgegeben – wegen des furchtbaren Regens. Deswegen wusste ich auch Bescheid. «

Die Kommissarin sah im Kopf erneut die tote, nackte Frau vom Nord-Ostsee-Kanal. Es war fast wie ein Déjà-vu. Sie nahm sich noch drei Tic Tac.

»Gewalteinwirkung war auf den allerersten Blick zunächst nicht erkennbar. Wenn sie nicht nackt wäre, könnte man auch von einem unglücklichen Unfall im Kieswerk ausgehen«, erklärte Hinrichs.

»Und wenn wir nicht noch ein totes, nacktes Mädchen hätten«, antwortete die Kommissarin mit finsterer Miene.

»Zudem sind auf den zweiten Blick Hämatome am Hals zu erkennen. Ich vermute, sie wurde erwürgt«, sagte Hinrichs. Es sah alles so aus, als ob es sich um den zweiten Mord desselben Täters handelte. Van Busche fiel natürlich sofort die Vermisste ein, Lotta Abendrot.

»Draußen können wir bei dem Unwetter derzeit eh nichts machen«, erklärte die Leiterin der SOKO. »Ich will, dass die

Leiche unverzüglich in die Gerichtsmedizin für eine mögliche Identifizierung durch die Mutter von Lotta Abendrot kommt.«

Dramatische Minuten in der Gerichtsmedizin

Kiel-Altenholz, am Abend des 12. Juni

Es war der schwerste Gang ihres Lebens. Das Sturmtief »Dietmar« tobte furchtbar in ganz Norddeutschland, doch im Vergleich zu dem, was gerade in ihrem Kopf vorging, war das Unwetter nur ein laues Lüftchen. Der Taxifahrer klingelte an der Tür des Einfamilienhauses in Kiel-Altenholz. Kerstin Abendrot fühlte sich nach dem Anruf der Kommissarin unfähig, selbst zu fahren. Ihre Knie zitterten. Es regnete weiter wie aus Eimern, der heftige Wind fegte der Mutter von Lotta Abendrot in ihr ohnehin völlig verweintes Gesicht, als ob er ihr den Rest geben wollte.

»Zur Gerichtsmedizin Kiel bitte, Arnold-Heller-Straße«, sagte Kerstin Abendrot mit zitternder Stimme.

Der Taxifahrer sah seine elendig ausschauende Kundin nur kurz an und nickte stumm. In diesem Moment wünschte sich Kerstin Abendrot erstmals seit ihrer Trennung vor acht Jahren wieder ihren Ex-Mann an ihrer Seite. Die Scheidung war unschön verlaufen. Er wollte nicht zahlen – weder für Lotta noch für sie. Ihr Anwalt konnte dann die Forderungen jedoch voll durchsetzen, so dass Lotta und sie in dem schönen Haus in Altenholz wohnen bleiben konnten.

Auf der Hochbrücke über dem Nord-Ostsee-Kanal erwischte eine starke Windböe das Taxi. Der Fahrer erschrak, seine Kundin starrte jedoch in Gedanken versunken stur geradeaus. Fast alles, was die Kommissarin am Telefon berichtet hatte, passte so gut auf ihre von ihr so unfassbar geliebte Lotta. Dazu nackt aufgefunden, vermutlich erdrosselt. Alles wie bei Svenja, genau wie bei Svenja. Es wird also zur schrecklichen Gewissheit werden. Doch wieso sagte diese Kommissarin van Busche hellbraun? Lotta war doch eindeutig blond. Kerstin Abendrot fühlte sich so schwach, so einsam, so extrem hilflos. Das Taxi hielt nun vor der Rechtsmedizin in der Arnold-Heller-Straße. Jetzt wird es zur schrecklichen Gewissheit werden. Lotta ist tot. Ihre geliebte Lotta ist tot. Es wird grausame Realität. Genau jetzt wird die Welt untergehen. Sie brach im Taxi erneut in sich zusammen, die Tränen flossen in Strömen. Sie war unfähig, sich abzuschnallen. Ein fast wie zugedrücktes Schluchzen. Der Taxifahrer reichte ihr stumm ein Papiertaschentuch.

»Soll ich Sie hinein begleiten?«, fragte der Taxifahrer, dem nun ebenfalls die Tränen in die Augen schossen und löste ihren Anschnallgurt. Abendrot nickte stumm und der Taxifahrer stützte sie auf dem Weg ins Gebäude.

Kommissarin Kathrin van Busche und der Gerichtsmediziner Dr. Uwe Leiendecker warteten bereits im Eingangsbereich. Van Busche nahm die verzweifelte Mutter dann unter ihren Arm und bedankte sich beim Taxifahrer.

»Wenn Sie dem Anblick nicht Stand halten können, ist es auch möglich, anhand von DNA, radiologischen Aufzeichnungen Ihres Zahnarztes oder anderer Daten wie auch einfachen Fotos die mögliche Identifizierung vorzunehmen«, erklärte der Gerichtsmediziner Leiendecker ruhig. Er war Mitte 50, hatte graue Haare, ein gepflegtes Äußeres und drückte sich stets gewählt und präzise aus.

»Nein, schon gut. Ich möchte Gewissheit haben«, antwortete Kerstin Abendrot sehr, sehr leise. Ihre Worte waren fast nicht vernehmbar. Van Busche teilte nun der Mutter von Lotta Abendrot den genauen Fundort der Leiche sowie die ersten Ergebnisse der Spurensicherung mit. »Falls es sich tatsächlich bei der Toten um Ihre Tochter handeln sollte, dann empfehlen wir von der Kripo explizit den oder die Tote nochmals zu sehen oder zumindest die Hand zu halten«, ergänzte Van Busche. »Dies ist für den Trauerprozess enorm wichtig. «

Kerstin Abendrot ging wie im Trancezustand am Arm der Kommissarin zu dem Leichentisch in der Gerichtsmedizin. Sie hörte die Worte der Kommissarin nicht wirklich, es war alles wie in einem irrealen Alptraum. Der weiße Leichensack war verschlossen.

»Ist es okay?«, vergewisserte sich Dr. Leiendecker nochmals.

»Ja«, entgegnete die Mutter mit nun sicherer, bestimmter Stimme.

Der Gerichtsmediziner öffnete von oben langsam den Leichensack. Kerstin Abendrot blickte starr auf das Gesicht des toten Mädchens. »Das ist nicht meine Lotta, das ist ihre Freundin Gina.«

Wilhelm ermittelt geheim am Gymnasium

Kiel-Zentrum, am Morgen des 13. Juni

11 Grad, Windstärke 9. Sturmtief »Dietmar« hatte über Nacht nichts an seiner Wucht und Stärke verloren. Sven-Uwe Wilhelm schaute durch das Fenster seiner Zwei-Zimmerwohnung in der Saarbrückenstraße. Es regnete weiter heftig. Eine Kiefer auf dem Südfriedhof war entwurzelt worden. Das war ja ein Abend gestern. Mal kurz mit der neuen Kollegin in die »Pupille« um die Ecke. Die überbackenen Champignons in Käse-Sahne-Soße mit dem selbstgebackenen Fladenbrot waren der Knaller, fand Wilhelm. Doch dann klingelte sein Handy pausenlos Sturm. Erst Meyer, der ihm von dem gerade erst aus der JVA Kiel entlassenen Sexualstraftäter berichtete, der nun ausgerechnet in Holtenau wohnte. Dann van Busche mit noch einer toten Schülerin. Dann nochmal van Busche mit seinem neuen Auftrag für sage und schreibe heute Morgen 7.30 Uhr. Zwei tote 18-Jährige, dazu noch eine Vermisste aus genau der gleichen Klasse eines Gymnasiums in Kiel. Er schaute in den Spiegel seines Badezimmers. Um die Uhrzeit war eigentlich nichts zu holen.

Wilhelm duschte, rasierte sich und holte sein einziges Jackett, das er noch von seiner Konfirmation im Schrank hatte. Dazu eines seiner zwei Oberhemden, ein weißes. Seine langen Haare ließ er heute offen, dazu entfernte er seine drei Lippen- und sein Nasenpiercing. Da war doch plötzlich ein ganz anderer Typ in seinem Spiegel.

Wenig später saß ein gestriegelter Kriminalkommissar und ehemaliger Zivilfahnder im Lehrerzimmer des Gymnasiums im Norden Kiels. Pünktlich um 7.30 Uhr. Oberstudienrat Paul Michelsen (54) saß bereits dort an einem weißen, großen Tisch und empfing den Polizisten mit einer Tasse Kaffee. Er trug einen »Moustache«, einen Schnauzbart. Der französische Beitrag des European Song Contest mit dem Titel hätte den »Moustache« gerne zum neuen Kult gemacht, doch der Song landete nicht nur wegen der musikalischen Qualität auf dem letzten Platz. Der Schnauzer war das Markenzeichen des Klassenlehrers der Oberstufengruppe, zu der die beiden toten Mädchen sowie auch die noch vermisste Lotta gehörten. Michelsen war nun der zentrale Ansprechpartner für den Polizisten. Zunächst gingen sie kurz die formalen Punkte durch. Sven-Uwe Wilhelm war ab sofort Dr. Sven-Uwe Wilhelm, promovierter Sportwissenschaftler, der als Quereinsteiger im Lehrerberuf Fuß fassen wollte. Er absolvierte deshalb ein Praktikum.

»Rauchen Sie?«, fragte Michelsen den Beamten. Wilhelm bejahte seine Frage und die beiden gingen zur inoffiziellen Raucherecke des Gymnasiums, da das Rauchen in den Schulen Schleswig-Holsteins auf dem gesamten Schulgelände verboten war. Dies führte normalerweise dazu, dass Horden von Schülerinnen und Schülern das Gelände verließen und bei den benachbarten Gebäuden qualmten, was die Bewohner natürlich auf die Palme brachte. »Sie gehen heute einfach mal mit mir mit«, erklärte der Lehrer. »Wenn Sie wollen, können Sie die Doppelstunde Wahlpflichtunterricht Fußball übernehmen. Da sind fünf Jungs aus unserer Klasse drin.« Jede Menge Schüler begrüßten den Lehrer freundlich. Michelsen schien äußerst beliebt zu sein. Es regnete weiter heftig und die beiden waren froh, unter der Überdachung der verbotenen Raucherecke zu sein. Eine Gruppe von zwei Mädchen und einem Jungen rauchte ebenfalls trotz des miesen Wetters noch vor dem Beginn der ersten Stunde eine Selbstgedrehte. Sie nickten Michelsen kurz freundlich zu, doch das Gesprächsthema Nummer 1 bei den Teenagern war ganz offensichtlich der Neue: ein komplett anderer Typ. Lange Haare, etliche Ohrringe und ein großes Drachen-Tatoo am Hals. Dazu noch sehr jung für einen Pauker und irgendwie extrem cool.

Michelsen ging den Tagesplan mit dem Polizisten durch. Zunächst zwei Stunden Mathe-Grundkurs, Stochastik. Dann sollte Wilhelm schon gleich den Fußballkurs alleine leiten. In der fünften Stunde war eine Klassenlehrerstunde dran. »Da werde ich die Mitschüler über den neuen Todesfall informieren. Aber alleine«, sagte der Oberstudienrat. »Ein Verheimlichen bringt nichts. So etwas spricht sich sonst wie ein Lauffeuer herum.« Wilhelm pflichtete ihm bei, meinte jedoch, dass in solch einem Fall professionelle Hilfe grundsätzlich sinnvoll sei. Er empfahl Michelsen

die Pastorin Jana Jakobi für einen weiteren Termin dazuzu-
holen. Sie war die evangelische Notfallseelsorgerin der Uni-
Klinik Kiel. Der Schulgong ertönte. Michelsen drückte seine
Zigarette aus und lief durch den niederprasselnden Regen
zum Klassenraum. Wilhelm folgte ihm. Irgendwie war sein
Konfirmationsjackett bei dem miesen Wetter nicht die
glücklichste Wahl.

Michelsen stellte seiner Klasse 12 b zunächst den
neuen Praktikanten vor. Dann begann er mit seinem Unterricht. Im Mathe-Grundkurs saßen nur 15 Schüler, darunter
eine Freundin der vermissten Lotta, Michelle. Vorne rechts
waren drei Plätze frei. Der Oberstudienrat machte das sehr
interessant, fand Wilhelm. Es ging um die Gewinnchancen
bei verschiedenen Glücksspielen. »Wer von Euch spielt
Lotto?«, fragte der Mathelehrer. Fünf Schüler meldeten
sich. »Lotto würde ich nie spielen«, meinte Michelsen. »Die
Chance zu gewinnen liegt bei nur 1 zu 13 Millionen.« Der
Lehrer verriet, dass er ab und zu Roulette im Spielcasino
spielen würde. »Da gibt es die beste Gewinnchance überhaupt.« Der Polizist Wilhelm schaute sich in der Klasse um
und dachte an die Telefonate mit seiner Chefin von gestern
Abend. Van Busche hatte die Idee mit dem verdeckten
Ermittler in der Schule. Der Direktor Arnold Rex war zunächst überhaupt nicht begeistert, doch als van Busche
sonst mit einem groß angelegten Verhör sämtlicher Lehrer
und Schüler der 12 b drohte, stimmte der Schulleiter doch
zu. Michelsen war nun beim neuen Euro-Lotto und ließ die
Schüler die Chance auf den Hauptgewinn berechnen. Sven-

Uwe Wilhelm holte sein Smartphone aus seiner Jackett-Innentasche, hielt es unter dem Tisch in der letzten Reihe und schrieb van Busche eine WhatsApp: »Ich bin drin!«

Schwarze Nacht

Kleine Hütte in der Nacht zum 13. Juni

Der Schlaf wollte nicht kommen. Sie lag auf der feuchten Matratze, mit einem schmutzigen Bettlaken zugedeckt, die Hände mit Handschellen am Metallrahmen fixiert. Wenigstens hatte er ihr die Kabelbinder abgenommen und sie hatte ein wenig mehr Freiheit, wenngleich das purer Zynismus war. Sie schwebte in dem Zustand zwischen Wach sein und Schlaf. Immer wieder zuckte ihr Körper unkontrolliert, konnte sich aber nicht dazu überwinden, sie in den erlösenden Schlaf zu schicken, den sie so dringend ersehnte. Sie hatte essen und sich an einer Schüssel waschen dürfen. Doch wozu sollte das führen? Doch höchstens eine Verlängerung ihres Martyriums an dessen Ende der Tod stand wie bei Svenja. Die kleine, dunkle Gartenhütte ächzte unter der Last des Sturmes, der Regen peitschte gegen die zugenagelten Fenster. Sie trug einen Knebel, den sie nicht abnehmen durfte, das hatte er ihr klar gesagt. »Die Kamera in der Ecke zeichnet alles auf. Wenn du an den Knebel gehst, töte ich dich wie Svenja! Also sei vernünftig. Du warst schon immer meine Favoritin.« Erneut zuckten ihre Beine, der Schlaf schien nicht mehr weit, da hörte sie die Tür auffliegen und spürte den gewaltigen Sturm in die Hütte dringen. Sie konnte sehen, dass es schwarze Nacht war, bevor er die Tür wieder zuschlug und sich klitschnass auf den wackligen Holzstuhl setzte. Er zog seine Jacke aus und warf sie achtlos auf das Bettende. Dann nahm er seine Zigaretten aus der

Hemdtasche und das Feuerzeug aus der Hosentasche. Dabei beobachtete er sie, was sie aber alles mehr erahnte, als dass sie es wirklich sah. Erst als die Flamme aufleuchtete, konnte sie sein unrasiertes Gesicht sehen. Die Frisur war nass und vom Regen völlig zerstört. Ein Grinsen huschte über sein Gesicht und das Feuer erlosch. Die Glut war aber in dieser Dunkelheit hell genug, um ihr sein grausames Antlitz zu zeigen. Seine Augen bekamen wieder dieses Funkeln und sie wusste sofort, was ihr bevorstand. Er nahm ihr den Knebel aus dem Mund und sie schluckte mehrfach. Die Wasserflasche stand auf dem Tisch und er beugte sich in die Richtung, um ihr etwas zu trinken zu geben.

»Na, mein Täubchen, warst du auch brav?«

Gierig trank sie ein paar Schlucke, wobei ihr jede Menge über das Kinn und den Hals lief, da er die Flasche achtlos an ihre Lippen hielt. Sie nickte schwach und wollte noch mehr trinken, aber er stellte die Flasche wieder weg.

»Du weißt ja, was mit bösen Mädchen passiert. Gina war auch zu mitteilsam. Hat doch glatt mit einem Privatdetektiv gesprochen, der von Svenjas Mutter engagiert wurde. Jetzt redet sie definitiv nicht mehr.« Er zog tief an seiner Zigarette und lehnte sich im Gefühl seiner totalen Macht zurück. Ihre Augen weiteten sich und Angst überfiel sie. Gina war auch tot! Sollte sie nun die nächste sein? Ein Schauder durchlief ihren Körper und sie zerrte an den Handschellen am Kopfende.

»Keine Sorge, dich brauche ich noch ein bisschen. Dreh dich auf den Bauch!«

Fortschritte

Pinneberg, 13. Juni

Langsam blätterte Alexei Gromow das abgezählte Geld auf den Tisch und ärgerte sich ein wenig, dass seine Rücklagen nun für ein Auto geopfert werden mussten. Der alte Tipo hatte seinen Geist aufgegeben, Riss des Zahnriemens und damit Motorschaden. »Nix mehr zu machen, sei froh, wenn du für die Entsorgung nichts bezahlen musst«, hatte der alte KFZ-Meister aus der kleinen Werkstatt um die Ecke gemurmelt. »Kannste einfach hier stehen lassen. Ich verkaufe noch ´nen paar Teile davon und bringe ihn dann zu Kiesow nach Norderstedt.«

Die letzten Wochen war er immer mit seiner XJ unterwegs gewesen, aber nun brauchte er einfach wieder ein Auto. Das Sturmtief tat ein Übriges und er war froh, dass er gestern Abend wieder nach Pinneberg gefahren war, um sich ein paar frische Sachen zu besorgen und etwas Ausrüstung einzupacken. Danach war er noch zu den Motorradjungs unter seiner Wohnung und Büro gegangen, um ein bisschen zu plaudern und ein paar Bierchen zu zischen. Die Jungs waren echt cool. Alle über 50, verheiratet und mit älteren Kindern gesegnet, trafen sie sich regelmäßig abends in ihrer selbst eingerichteten Bastelwerkstatt und schraubten an ihren alten Motorrädern. Zwei von ihnen waren im letzten Sommer bis nach Georgien gefahren, wobei die Karre des einen kurz vor München nach 10.000 km auf dem Rückweg den Geist aufgegeben hatte. Echte

Freaks eben und immer für ein Schwätzchen und ein Kaltgetränk zu haben. Nebenbei guckten sie auch nach seiner Yamaha, die immer häufiger irgendwelche Teile verlor. Naja, hier hielt wenigstens der Motor im Gegensatz zu seinem Tipo.

Da auch jede Menge andere Gestalten den liebenswürdigen Platz zu schätzen wussten, war er gestern auf einen getroffen, der einen Mazda MX5 Cabrio loswerden wollte. So saß er nun hier und zählte 3800 Euro auf den Tisch, um sich sein Traumauto zu kaufen. »Chancen muss man erkennen, wenn sie kommen und dann zuschlagen«, hatte sein Onkel in Berlin immer gesagt, wenn sie ihn besuchten und er gerade wieder eine Firma gekauft hatte.

Gromow stieg in sein neues Gefährt, hoffte, dass das Verdeck wie versprochen dicht war, und machte sich auf den Weg nach Kiel. Er hatte gestern noch zwei Klassenkameraden von Svenja sprechen können, aber die hatten ihm nicht weitergeholfen. Sie waren aber beide der Meinung, dass die Mädels kein Interesse an den Jungs aus dem Jahrgang gehabt hätten und auch nie zu irgendwelchen Partys gekommen waren. Immer hingen sie zu dritt rum, auch in den Pausen. Es gab wohl Gerüchte, dass Svenja einen viel älteren Freund gehabt hätte. Damit hatte sie mal angegeben. Aber das hatten sie auch nur von anderen gehört und nicht von ihr selbst. Alles in allem hatte ihn das nicht wirklich weitergebracht und er hoffte, dass Kathrin seine Idee aufgegriffen hatte und versuchte, jemanden in das System zu bekommen. Ihn hatten leider zu viele bei seinem ersten Besuch an der Schule gesehen und so blieb ihm nur der umständliche Weg. Aus den Lausprechern drang The National, angeblich die Lieblingsband von Barack Obama. Guter Mann, guter Geschmack, dachte er, während er sich über die ganzen Baustellen auf der A7 ärgerte. Kathrin hatte ihm eine Whatsapp Nachricht geschrieben und berichtet, dass ein weiteres Mädchen tot aufgefunden worden sei, diesmal in einer Kiesgrube im Kreis Plön. Er wunderte sich über die leichtfertige Entsorgung der Leichen, während er sogleich den Euphemismus bereute. Aber es sah so aus, dass sich der Mörder ziemlich sicher fühlte, vielleicht auch die Mörder. Es gab definitiv bessere Methoden, die ein Auffinden deutlich erschwerten. Gromow hatte eher das Gefühl, dass der Mörder wollte, dass die armen Mädchen schnell gefunden wurden. Warum? Eitelkeit? Ein Polizeipsychologe konnte sicher hilfreich sein. Aber Kathrin verstand etwas von ihrem Job und so konzentrierte er sich wieder auf Svenja und ihre Geschichte.

Kathrin van Busche las die Nachricht von Wilhelm und seufzte erleichtert. Hoffentlich brachte sie das weiter. Die Zeit drängte und noch gab es Hoffnung, zumindest Lotta lebend zu finden. Nachdem Kerstin Abendrot die Gerichtsmedizin verlassen hatte, mussten sie die Mutter von Gina Berg holen lassen, um eine Bestätigung zu bekommen. Diese Aktion verlief noch dramatischer und die völlig traumatisierte Mutter lag nun ein paar hundert Meter weiter in der Uni-Klinik, da sie einen Zusammenbruch erlitten hatte, als sie ihre Tochter in dem Leichensack gesehen hatte. In fünf Minuten sollte ihre Teambesprechung beginnen, bei der erstaunlicherweise auch Gerd Walther, der Kap-Staatsanwalt, teilnehmen wollte. Als einer von drei Staatsanwälten für Kapitalverbrechen verließ er normalerweise sein Büro nie und ließ sich immer im Justizgebäude am Schützenwall informieren. Dabei beschränkte er den Kontakt mit den ermittelnden Beamten auf ein Minimum. Meistens regelte Horst Lorentzen als Chef der Kripo alles, was mit der Staatsanwaltschaft zu tun hatte oder ein Telefongespräch musste genügen. Dass Gerd Walther in die Blumenstraße kam, war für van Busche ein Novum. Er galt als ausgesprochener Misanthrop, der Menschen verabscheute. Warum das so war, wusste keiner, aber zumindest war er fachlich kompetent und konnte ziemlich schnell ein Okay vom Richter holen, wenn es denn nötig war. Dementsprechend war van Busche etwas nervös, da sie die Besprechung leiten musste, falls Walther nicht selbst den Vorsitz übernahm.

Gerd Walther verspürte ein körperliches Unbehagen, als er die Amtsräume der Bezirkskriminalinspektion betrat und schüttelte sich leicht. Sein Fahrer hatte ihn vor dem Eingang abgesetzt und wenn dieser dort nicht gewartet hätte, dann wäre Walther die Stufen wohl niemals emporgestiegen. Er war nicht als Menschenfeind geboren worden, ganz bestimmt nicht. Als Student war er ein fleißiger und umgänglicher Typ gewesen, der auch mal mit Kommilitonen ein Bier trinken ging. Zum Menschen verachtenden Staatsanwalt für Kapitalverbrechen war er durch die Menschen selbst geworden. Die tägliche Arbeit gegen die Verbrecher Kiels, die Morde, die Vergewaltigungen, die skrupellosen Rechtsanwälte, unfähige Polizisten, noch unfähigere Politiker, das alles hatte die Verachtung in ihm genährt, die es ihm unmöglich machte, Tatorte zu besuchen, wie seine beiden Kollegen es taten. Er beschränkte seinen Kontakt mit Menschen auf das Nötigste und arbeitete möglichst vom Schreibtisch aus. Sollten die Ermittler vor Ort ermitteln, er entschied dann aufgrund der Fakten, die sie ihm präsentierten. Aber nun war der schlimmste mögliche Fall eingetreten. Zwei Mädchen waren ermordet worden, eine weitere vermisst und alle drei besuchten die gleiche Oberstufenklasse wie seine Tochter. Daher sah er sich gezwungen, mit dem Team direkt zusammenzuarbeiten, um ihren Namen aus der Sache herauszuhalten und so betrat er nun den kleinen Konferenzraum in der Blumenstraße und sah in die entgeisterten Gesichter seiner Ermittler.

»Willkommen, Herr Staatsanwalt Walther. Bitte setzen Sie sich. Dann fangen wir gleich an. Sie sind sicher ein viel beschäftigter Mann.« Van Busche räusperte sich, wartete kurz und fuhr fort, als von Walther keine Erwiderung kam.

»Wir haben also eine zweite Leiche, ebenfalls eine Schülerin aus der gleichen Klassen wie Svenja Timmermann, 18 Jahre. Dazu eine Vermisste, Lotta Abendrot, die dritte aus der Clique. Wir müssen wohl von einem Zusammenhang ausgehen. Niels, was hast du für uns?«

Der kleine Forensiker mit der piepsigen Stimme und dem hervorragenden Ruf guckte von seinen Zetteln hoch, seufzte und begann.

»Gina Berg, 18 Jahre alt, wurde in Vierhusen im Kreis Plön in einem Berg aus Kieselsteinen gefunden, als der Verlademeister mit seinem Radlader einem Familienvater den Anhänger füllen wollte. Am Tatort gab es keinerlei Spuren, da direkt nach dem Fund der Leiche und unserem Eintreffen ein Platzregen einsetzte, der dort alles überschwemmte. Das Gelände ist nicht großartig gesichert und ziemlich sicher wurde die Leiche dort in der Nacht platziert. Todeszeitpunkt gegen 22 Uhr. Die junge Frau wurde erwürgt, deutliche Hämatome am Hals, das Zungenbein ist gebrochen. Keine weiteren Anzeichen von Gewalt prämortal.«

Alle horchten auf, da Hinrichs' Formulierung absolut ungewöhnlich war. Aber wie jeder Forensiker stand auch er auf eine gewisse Dramatik.

»Die Leiche weist postmortale Verletzungen im Genitalbereich auf, zudem wurde wieder ein Kondom benutzt, wieder Nonoxynol-9.«

Es war tatsächlich Staatsanwalt Walther, der als Erster die Sprache wiederfand.

»Wie bitte, er hat mit der Leiche geschlafen, nachdem er sie erwürgt hat?«

Sein Gesicht sah aus, als hätte man ihm einen Becher Petroleum zu trinken gegeben und seine schlanke Gestalt sank auf dem Stuhl zusammen.

»Ja, so kann man es wohl ausdrücken«, erwiderte Hinrichs.

Ein Schweigen hing in dem kleinen, muffigen Konferenzraum, als wenn der Pfarrer bei der Predigt einen fahren gelassen hätte. Niemand mochte sich das so wirklich vorstellen.

Van Busche ergriff das Wort.

»Nun denn, ich glaube, wir sollten Käppner, unseren Psychologen, um ein Profil bitten. Das Ganze scheint doch etwas aus den normalen Bahnen zu laufen. Wir müssen uns auch dringend mit der Personalie Gunther Tramm beschäftigen. Meyer hat bei der Überprüfung der uns bekannten Sexualstraftäter herausgefunden, dass Tramm seit vier Wochen auf freiem Fuß ist und nun in Kiel-Holtenau wohnt, also ganz in der Nähe der Wohnorte der getöteten Frauen. Er saß gerade sechzehn Jahre hier in Kiel in der JVA. Tramm ist in Häuser eingebrochen und hat die Besitzerinnen mehrfach vergewaltigt und brutal mit etlichen Messerstichen verletzt. Sie haben nur ganz knapp überlebt. Überführt wurde er, weil er in einer Pause eine rauchte und die Kippe im Blumentopf versteckte. Niels hatte erstklassige DNA und so konnte die Tat rasch aufgeklärt werden. Scholz, du hievst Meyer in ein Auto und fährst mit ihm nach Holtenau. Meinetwegen fahr' ihn danach noch zu seiner KG nach Schilksee, damit er wieder fit wird. Ich brauche ihn jetzt dringend.«

Scholz nickte und Staatsanwalt Walther guckte angewidert durch den Raum.

Van Busche nahm den Faden wieder auf.

»Wilhelm ist als Praktikant in der Schule und versucht auf diesem Wege, an die Mitschüler und Lehrer heranzukommen. Die Idee dazu hatte Gromow und mein Gespräch mit Marc Wetko, dem Mann von Niels' Assistentin, hat mich darin bestärkt, die Sache vor Ort leise anzugehen.«

Walther saß plötzlich kerzengerade in seinem Stuhl und sein Gesicht lief rot an.

»Wer hat diesen Einsatz genehmigt? Ich bin der leitende Staatsanwalt und weiß nichts davon.«

Die Kommissarin war jetzt in ihrem Element und ließ sich nicht beeindrucken.

»Die Papiere liegen hier zur Unterschrift bereit. Das sollte doch kein großes Problem sein. Wir mussten schnell entscheiden, da ein Mädchen noch vermisst wird. Ist etwas Schlechtes daran?«

Während Walther mit Zorn und Verzweiflung rang und seine Sprache suchte, fiel van Busches Blick auf die Klassenliste.

Sandra Walther stand dort. Das konnte doch nicht sein! Was für ein Zufall, aber es würde einiges erklären, vor allem warum der Staatsanwalt hier in der Blume saß.

Bevor dieser seine Worte wiedergefunden hatte, räusperte sich van Busche und schob ihm die Liste rüber. Dabei zeigte sie mit dem Finger auf den Namen.

»Ist das...«

Weiter kam sie nicht.

»Ja, Sandra Walther ist meine Tochter und ich möchte nicht, dass ihr Name in der Öffentlichkeit fällt.«

Alle blickten den Staatsanwalt an und ein Raunen ging durch den Raum.

»Und nein, meine Tochter hatte keinen Kontakt zu den Dreien. Ich habe sie sofort danach befragt. Wir können sie also aus der Sache heraushalten.«

Van Busches Gedanken überschlugen sich. Musste Walther dann den Fall nicht einem Kollegen übergeben? Wahrscheinlich nicht, wenn sie wirklich nur in der Klasse war und weiter keine Verbindung zu den jungen Frauen hatte. Wenn es ein Serientäter war, konnte seine Tochter aber auch in Gefahr sein. Eine ziemlich vertrackte Situation. Sie beschloss, nicht weiter darauf einzugehen.

»Ich denke, das sollte vorerst möglich sein. Konzentrieren wir uns auf Lotta Abendrot. Sie schließt also ihr Fahrrad wohl auf dem Nachhauseweg kurz vor dem Elternhaus ab und verschwindet, ohne gesehen zu werden. Das Handy ist aus und kann nicht geortet werden. Wir müssen von einem Verbrechen ausgehen und die Zeit drängt. Wenn einer eine gute Idee hat, dann wäre jetzt der perfekte Zeitpunkt, sie zu äußern.«

Auffordernd blickte die Kommissarin in die Runde und strich sich dabei eine blonde Strähne aus dem Gesicht. Ihr fehlte Gromow, da er ein Querdenker war und natürlich Lorentzen, der mit seiner Ruhe und Erfahrung viel zur Lösung hätte beitragen können.

Es war die Neue, die das Wort ergriff und van Busche freute sich.

»Wir sollten ihr Zimmer auseinandernehmen. Irgendetwas findet sich immer. Hinrichs' Leute sollten versuchen, alles aus den Fotos von Svenja herauszuholen. Vielleicht hilft uns das weiter. Das sind keine typischen Sexting Fotos, da bin ich mir sicher.«

Meyer und van Busche nickten, Walther saß regungslos auf seinem Stuhl und Hinrichs blätterte in seinen Papieren.

»Das hört sich gut an. Ich fahre allerdings als erstes mit Meyer zu Tramm, Niels kümmert sich um ihr Zimmer und das von Gina Berg und vielleicht bekommen wir von Herrn Walther noch Personal, damit wir schneller zum Erfolg kommen.«

Walther ließ sich zu einem angedeuteten Nicken hinreißen und war vor allen anderen aus dem Raum verschwunden.

Gromows Bluff

Tief *Dietmar* blies immer noch kräftig über Norddeutschland hinweg und sorgte für überschwemmte Straßen und geflutete Keller, als wenn seine Liebste ihn verlassen hätte und er nun allen zeigen müsste, wozu er fähig war. Gromow parkte mit gewissem Stolz seine Neuanschaffung schräg gegenüber des Gymnasiums und überlegte wohl, was *Dietmar* denn so angestellt hatte, damit irgendjemand das nächste Tief nach ihm benannt hatte. Ihm fielen sofort ein paar Ex-Freundinnen ein, denen er gerne solch eine Aufmerksamkeit gewidmet hätte, aber Dietmar hörte sich doch einfach nett an.

Er stöpselte sein Smartphone vom Autoradio ab und scrollte durch das Adressebuch. Van Busche meldete sich nach dem zweiten Klingeln.

»Hallo Casanova, was kann ich für dich tun?«

Gromow konnte ahnen, dass sie im Stress war, sich aber doch freute, ihn zu hören.

»Nichts, ich wollte eigentlich nur wissen, ob ihr schon alle näheren Erwachsenen aus dem Umfeld der Toten durch den PC laufen lassen habt?«

»Ja, Chef, das haben wir tatsächlich. Trainer, Lehrer, Väter. Alles negativ. Habe ich jemanden vergessen?«

Gromow war ein wenig verlegen und kam sich wie ein Klugscheißer vor, der gerade einen Einlauf bekommen hatte.

»Äh, ich glaube nicht. Sorry, war wohl ein wenig voreilig. Allerdings erinnere ich mich an eine Geschichte aus meiner Schulzeit. Da hatte eine Lehrerin ein Verhältnis mit einer Schülerin und es kam raus. Sie wurde von einem Tag auf den anderen versetzt und wir sahen sie nie wieder, was ziemlich schade war, denn sie sah wirklich gut aus.« Gromow grinste in den Rückspiegel, bevor er fortfuhr, »ich meine, so etwas regeln die Schulen doch selbst. So etwas findest du nur in den Personalakten, solange es keine Anzeige gibt. Habt ihr Zugriff darauf?«

»Das stimmt wohl, aber ohne begründeten Verdacht und den haben wir nicht, bekommen wir niemals das Okay vom Staatsanwalt für die Herausgabe der Personalakten.«

»Hmm, das ist richtig. Mich würde es einfach auch nur interessieren, ob die hier im Kollegium auch so ein faules Ei liegen haben. Es soll doch ziemlich häufig vorkommen, dass sich Lehrer und Schülerinnen näher kommen. Und wenn ich mich hier so umschaue, kann ich das sogar gewissermaßen nachvollziehen.«

»Ja, das hört man immer wieder. Aber da kommen wir nicht heran.«

»Ich rufe später noch mal an, ich habe so eine Idee, bis später.«

Gromow legte auf und konnte sich vorstellen, wie van Busche etwas verdutzt auf ihr Telefon starrte.

Er stieg aus, verschloss die Tür und ging zügig zum Haupteingang, damit *Dietmar* ihn nicht vom Gegenteil überzeugen konnte.

Im zweiten Stock des alten Gebäudes fand er, was er suchte, das Sekretariat. Frau Schmal stand auf dem Türschild und Gromow trat nach einem dezenten Klopfen ein, dabei setze er sein bestes Schwiegersohnlächeln auf.

»Hallo, junge Frau.«

Die gut Fünfzigjährige blickte ihn über den Rand ihrer Brille streng an und beendete aufreizend langsam ein privates Telefonat.

»Was kann ich für Sie tun?«

»Ich bin Richard du Mont und schreibe gerade an meiner Doktorarbeit hier in der soziologischen Abteilung der CAU. Ich beschäftige mich mit dem Arbeitsplatz von Lehrkräften. Wie lange sind sie im Durchschnitt an einer Schule, wie oft werden sie versetzt und so weiter. Momentan klappere ich dazu die Kieler Gymnasien ab, um weitere Daten, die ich meiner Doktorarbeit hinzufügen kann, zu erhalten. Sie sehen so aus, als ob Sie gut mit dem Computer umgehen können. Habe ich eine Chance auf eine Liste mit solchen Daten?«

»Nein, haben Sie nicht!«

1:0 für die schrullige Alte, die auf ihrem Schreibtisch auch noch eine aufgeschlagene Brigitte liegen hatte. Na, das konnte ja heiter werden.

»Mir ist schon klar, dass der Datenschutz beachtet werden muss. Gerade bei Herrn Weichert hier in Schleswig-Holstein, aber Sie können die Namen doch schwärzen.«

Frau Schmal schob die Zeitschrift zur Seite, überlegte angestrengt, um dann auf eine für sie sensationelle Lösung zu kommen.

»Ich mache Ihnen einen Termin bei Herrn Rex oder Dr. Grimm, dann können Sie das mit der Schulleitung persönlich besprechen.«

Sie lehnte sich mit einem zufriedenen Grinsen zurück, überglücklich, eine so geniale Lösung gefunden zu haben.

Aber Gromow wäre nicht der Gromow gewesen, der dem Sohn des Hamburger Polizeipräsidenten zwei Zähne ausgeschlagen hatte, wenn er so schnell aufgegeben hätte.

»Sehen Sie, Frau Schmal, auch meine Zeit ist begrenzt. Wissen Sie, wie viele Gymnasien es alleine in Kiel gibt? Mein Doktorvater wird nicht erfreut sein, das zu hören, zumal er mit Dr. Grimm zusammen studiert hat, wenn ich mich richtig erinnere.«

»Das kann gar nicht sein! Dr. Grimm ist vor zwei Jahren aus München gekommen, wo er auch studiert und unterrichtet hat.«

Der Wechsel zwischen überheblichem Triumph und was habe ich bloß ausgeplaudert kam in Sekundenschnelle. Gleichzeitig ging leider auch die Tür zum Sekretariat auf und in der Tür stand Dr. Steffen Grimm.

Gromow trat den eiligen Rückzug an.

»Vielen Dank, Sie haben mir sehr geholfen. Ich werde meinen Sohn nächste Woche anmelden. Auf Wiedersehen.«

Dabei blickte er zu Boden und drängelte sich am Konrektor vorbei.

Gunther Tramm unter Verdacht

Kommissarin Kathrin van Busche fuhr trotz des Schmuddelwetters mit ihrem alten blauen Rennrad los. Seit sie in ihrem neuen Haus in Altenholz wohnten, hatte sie ihre Rennmaschine in der »Blume« deponiert. Es zogen dunkle, schwarze Wolken in einem Affenzahn am Kieler Himmel entlang. Mit Kind kam sie privat ohnehin nicht zum Radfahren und so nutzte sie ihre zehn Jahre alte Rennmaschine der Marke Koga-Miyata wenigstens ab und zu dienstlich. Der Wind war immer noch heftig, aber es regnete nicht mehr und die Temperaturen waren wieder auf 14 Grad gestiegen. Sie hatte noch ein wenig Zeit und so fuhr sie auf dem Weg nach Holtenau an ihrer ehemaligen Wohngegend vorbei. Bei ihrer alten Bäckerei »Steiskal« in der Feldstraße holte van Busche sich zwei Croissants zum Mittag. Als Halbfranzösin liebte sie Croissants – egal zu welcher Uhrzeit. Van Busche hatte ihre schönen langen, blonden Haare von ihrem Vater Asmus geerbt, der durch und durch Kieler war. Ihre leuchtenden dunkelbraunen Augen dagegen stammten von ihrer Mutter Nelly, die aus Lille in Nordfrankreich stammte. Solch eine Kombination war äußerst ungewöhnlich.

Die Kommissarin nahm einen Umweg, bog in die Wrangelstraße ein und fuhr an ihrer alten Wohnung vorbei. Vor sechs Jahren hatte sie als damals jüngste Kommissarin in Kiel angefangen. In Gedanken an die alte Zeit versunken, radelte sie dann den Forstweg, die Esmarch- und die Moltkestraße hinunter zur Villengegend am Niemannsweg. Sie fuhr an dem Studentenwohnheim vorbei, erreichte die Lindenallee und sah die noble Augenklinik Bellevue von Professor Uthoff. Der Mediziner war in einen Steuerskandal verstrickt, der schließlich sogar die Kieler Oberbürgermeisterin Gaschke zu Fall brachte. Als van Busche das Maritim-Hotel erreichte, das traumhaft schön am Düsternbrooker Gehölz im Grünen lag, klingelte ihr Handy. Im Display stand »Boss«, ihr Chef Horst Lorentzen. Auf dem gepflasterten Weg am Hindenburgufer, der demnächst in Kiellinie umbenannt werden soll, stellte von Busche ihr Rennrad ab und ging ran.

»Hallo Horst, na das ist ja eine Überraschung. Was rufst Du denn aus Südfrankreich an? Geht der Rotwein zur Neige?«, scherzte die Chefin der »SOKO Tote vom Kanal«. »Nein, nein, ganz im Gegenteil«, antwortete der Hauptkommissar, »hier ist es furchtbar heiß in Cavalaire-sur-Mèr, 39 Grad im Schatten. Viel zu heiß für den Strand, da mache ich lieber Touren von Weingut zu Weingut. Wie ist das Wetter in Kiel? «

»Unfassbar mies«, antwortete Kathrin van Busche ehrlich. »Ein Sturmtief hat uns voll erwischt.«

»Nein!«

»Doch!«

»Dann bleibe ich wohl besser noch ein wenig länger hier in Südfrankreich. Oder ist was Besonderes los?«

»Wie immer Mord und Totschlag«, antwortete van Busche, »aber wir haben hier alles im Griff.«

Horst Lorentzen lachte am anderen Ende der Leitung laut los. »Na, dann ist ja gut, Kathrin. Ich bleibe dann wirklich noch eine Woche länger. Ich muss nämlich bis zu meiner Pensionierung noch meinen Urlaub loswerden.«

»Kein Problem.«

»Ach, Kathrin. Ich habe Dich übrigens als meine Nachfolgerin bei Brumm vorgeschlagen. Ist auch alles mit Meyer abgesprochen.«

»Chef, ich spiele natürlich immer da, wo der Trainer mich hinstellt«, antworte die Kommissarin keck. »Ich kann aber nur ab und zu, weil ich noch einen Mini-Boss Zuhause habe, den kleinen Nick.«

»Ach, die paar Jahre bis der in der Schule ist, überbrückt Meyer, das ist kein Problem. Du bist genau so wie ich vor 35 Jahren, das passt perfekt. Das ist alles auch so mit Brumm besprochen. Salut, Kathrin!«

Van Busche, die natürlich auch fließend französisch sprach, antwortete mit einem »à bientôt «. Über der Kieler Förde tat sich plötzlich in dem rasch dahineilenden schwarzem Meer an Wolken eine winzig kleine Lücke auf. Sonnenstrahlen, das erste Mal seit zwei Tagen. »Der meint das wirklich ernst«, dachte die Kommissarin und biss in ihr zweites Croissant. »Der spinnt!« Van Busche überlegte kurz, ich habe ihm ja aber keine Lügen erzählt. Okay, Totschlag ist sehr unwahrscheinlich, aber Mord trifft es wohl zu Hundertprozent. Van Busche schaute auf die Uhr. Nun wurde es aber Zeit. Sie raste mit ihrer Rennmaschine weiter am Hindenburgufer Richtung Holtenau entlang. Vorbei an der Scheermole, an der das Segelschulschiff Gorch Fock lag. Die weißen Segel waren gerafft, das weiße Boot mit goldenen Masten und der goldenen Galionsfigur, dem Albatros, leuchtete kurz im Sonnenlicht.

Kurze Zeit später begann es erneut zu regnen. Van Busche trat ordentlich in die Pedale und sauste via Prinz-Heinrich-Straße und Schleusenstraße hinunter zur kleinen Personenfähre über den Nord-Ostsee-Kanal. Sie hatte nur einen blauen Kapuzenpullover an und war innerhalb von ein paar Minuten klitschnass. Die »Adler I« stand direkt gegenüber am Holtenauer Anleger, so dass sie sich zunächst unter den neu gebauten Unterstand stellte. Die Fähre erreichte kurze Zeit später das Wiker Ufer. Der Kapitän, ein Mann mit grauem Vollbart, den sie noch von früher kannte, grüßte trotz des Regens freundlich aus seinem signalroten Ausguck. Die Kommissarin grüßte zurück, schob ihr Rad zügig auf die grün-weiße Fähre und ging schnell unter Deck. Auf dem Kanal umschiffte der Kapitän geschickt eine kleine Segelyacht, die SINJE aus Marina Wentorf. Nach der Überfahrt radelte van Busche die paar Meter an der Kanalstraße entlang zum Wittenbrook, wo der aus der JVA Kiel entlassene Sexualstraftäter Gunther Tramm inzwischen wohnte.

Vor dem Rotklinkerhaus stand bereits der blaue Passat von Meyer. Ganz alleine wollte van Busche Tramm nicht befragen, schließlich war sie auch eine Frau. Meyer stieg extrem langsam aus seinem VW und begrüßte die Kommissarin. »Das Aussteigen ist immer am schlimmsten«, sagte Meyer und fasste sich erneut an sein schmerzendes Ilio-Sakral-Gelenk. »Und Du bist mit dem Rad da. Bei dem Wetter?« Meyer hatte sich vom Kriminalpsychologen Thomas Käppner noch ein Kurz-Profil zu Tramm aushändigen lassen. Zwei Vergewaltigungen, die beiden Frauen im mittleren Alter wurden danach bestialisch zugerichtet. Mit jeweils rund 20 Messerstichen wurden sie gefoltert. »Die Realität ist meist grausamer als jede Fiktion«, erklärte Meyer. »Ich habe die Bilder von Tramms Tatorten gesehen.«

Kathrin van Busche wusste, dass Sexualmörder meist ganz andere Bedürfnisse hatten als Raubmörder, für die Töten ein Mittel zum Zweck darstellte. Häufig war jemand am Werk, der ganz massiv deviante Phantasien hatte. Die Kommissarin und Meyer gingen hoch in den zweiten Stock zur Einzimmerwohnung von Gunther Tramm. »Die ganzen Messerstiche passen aber nicht zu unserem Fall«, erklärte van Busche grübelnd beim Hochgehen. Meyer nickte und ergänzte, dass Käppner zudem die Auffassung vertrat, dass auch die Opfer nicht ins Schema von Trapp passen würden. »Sie waren 35 und 37 und ganz andere Typen, richtig reife Frauen mit üppigen Kurven.«

Van Busche klingelte. Manchmal half erst der zweite Blick. Und manchmal lösten sich Fälle fast von ganz alleine. Irgendwie war der Zufall ja doch zu groß, dass ausgerechnet eine Schülerin am Nord-Ostsee-Kanal getötet wurde und direkt daneben ein Sexualverbrecher gerade aus der Haft entlassen wurde. »Ach, und Druck machen bringt bei dem nichts, sagt Käppner«, flüsterte Meyer der Kommissarin noch zu. Dann öffnete sich die Tür.

Gunther Tramm sah ganz normal aus. Eher von kleiner Statur, dazu sehr gepflegt. Keinerlei Kainsmal, wie in schlechten Filmen. Tramm musterte die Beamten ganz genau. Dann bat er sie an einen kleinen Tisch in der Küche. Er ging betont langsam. Van Busche stellte Meyer und sich kurz vor, der Kommissar hatte Probleme beim Hinsetzen. Ganz nach ihrem Moto »Zur Sache, Schätzchen« legte van Busche los. »Herr Tramm, wir ermitteln in zwei Mordfällen, zwei Schülerinnen wurden ermordet und vermutlich auch vergewaltigt.«

Gunther Tramm war die Ruhe selbst, er blickte van Busche deutlich auf ihre Oberweite. »Haben Sie Fotos von dem Tatort?«, fragte Tramm, »kann ich sie sehen?«

»Herr Tramm, darum geht es nicht«, mischte sich nun sofort Meyer ein. «Ich habe Bilder von Ihren Tatorten gesehen.«

Tramm starrte weiter auf van Busche, dann drehte er sich ganz langsam zu Meyer. »Das war ein schöner Anblick.«

»Herr Tramm, Sie sind vor vier Wochen aus der JVA Kiel entlassen worden. Können Sie uns bitte mitteilen, wie Sie in der Zwischenzeit Ihr Leben verbracht haben.«

Gunter Tramm reagierte überhaupt nicht auf die Frage der Kommissarin. »Meine Gewaltphantasien breiten sich bei solchen Bildern schnell aus, sehr schnell wie ein Orkan.« Er schaute wieder auf die Oberweite der hübschen Beamtin. Van Busche merkte, dass dies ganz offensichtlich ein Psychospiel war und ließ sich nichts anmerken. »Herr Tramm, bei welchem Psychotherapeuten sind Sie derzeit in Behandlung?«, setzte die Kommissarin ihre Befragung fort.

»Sie sind eine sehr hübsche Polizistin«, sagte Tramm ganz ruhig. »Unter ihrem Pullover haben Sie bestimmt phantastische Brüste.« Van Busche raste innerlich. Doch sie verlor nicht die Fassung. »Gut, Herr Tramm. Es gibt die Möglichkeit, dass sie mit uns kooperieren. Oder Sie melden sich ab sofort täglich drei Mal bei unserem Kriminalpsychologen Thomas Käppner. 9 Uhr, 13 Uhr und 17 Uhr.«

»Dazu haben Sie gar keine Handhabe. Gegen mich liegt nichts vor«, entgegnete nun Tramm, der erstmals ein wenig seiner Ruhe verlor.

»Sie können natürlich tun und lassen, was Sie wollen. Ich bin aber die Leiterin der SOKO und ich ordne das dann sofort an. Vielleicht erhalten Sie später vor Gericht Recht, aber ich loche Sie bei jedem Verstoß sofort wieder ein. Also, ich hatte zwei Fragen gestellt!«

Erstmals schaute Gunther Tramm der Kommissarin ins Gesicht. »Auch noch schlau, die Polizistin.« Tramm war unsicher, dann wirkte er wieder ruhiger und schaute erneut provokant auf die Oberweite der Kommissarin.

»Sie wissen vermutlich, wie langsam die deutsche Justiz ist. Sehr, sehr gründlich, aber auch sehr langsam. Das dauert bestimmt sechs Monate, bis Sie wieder draußen sind«, setzte van Busche fort.

»Okay, okay. Ich mache einen Wiedereinstiegskurs. Ich habe im Knast eine Ausbildung als Maler gemacht. Jede Woche drei Tage bin ich beim Malermeister Harald Dircks, hier in Holtenau. Okay?«

»Und Frage Nummer zwei? «

»Psychotherapeut Dr. Rölcke, in Friedrichsort. Ich bin bestens eingestellt.«

»Und? Möchten Sie uns noch etwas zu unserem Fall mitteilen?«, fragte van Busche.

Nun gewann Gunther Tramm wieder die Oberhand über das Gespräch. »Nein, aber ich würde Sie gerne mal richtig ficken. So, dass Sie richtig glücklich schreien vor Lust.«

Van Busche war erneut fassungslos, bedankte sich aber bei Puls 180 höflich und erklärte, dass sie sehr glücklich verliebt sei und diesbezüglich keinerlei Bedürfnisse hätte. Dann verabschiedete sich van Busche von dem Sexualstraftäter aus Holtenau. »Sie sind hier jederzeit willkommen«, erwiderte Tramm.

Im Treppenhaus, als die Tür von Gunther Tramms Haustür endlich zu war, reduzierte sich langsam, ganz langsam van Busches Pulsschlag. Thomas Meyer legte einen Arm um die Kommissarin. »Das hast Du sehr gut gemacht, Kathrin«, sagte Meyer. »Ein extrem schwieriges

Gespräch. Wir hätten lieber zwei Männer schicken sollen.«

Die Kommissarin war dankbar für das Lob, äußerte aber ganz offen ihre Zweifel an Tramm. »Sollen wir ihn komplett überwachen lassen. Drei Schichten? Das volle Programm?«

»Ich glaube zwar nicht, dass er es war. Aber Horst hätte es ganz genau so entschieden. Als Chefin musst Du 100 % auf Nummer sicher gehen«, antwortete Meyer. »Wir können nicht in die Seele von Tramm schauen. Selbst Käppner kann zwar Entscheidungen eines Serienmörders analysieren, aber nicht verstehen. Er kann nur in seine Schuhe schlüpfen, nicht aber in seinen Kopf.«

Die junge Kommissarin holte ihr Handy heraus und gab die entsprechende Anweisung an den Kriminaldauerdienst weiter, wohl wissend, dass dieser ohnehin dauerhaft unterbesetzt war. Das Smartphone zeigte einen Anruf in Abwesenheit an. Gromow. Meyer sagte auf dem Weg zu seinem Passat, dass er bereits einmal, vor rund 15 Jahren, ein ähnliches Gespräch geführt hätte und erklärte: »Es gibt Menschen, die in Erfahrungswelten leben, die wir nicht betreten können.«

Geheimnisse

Kiel-Altenholz am Nachmittag des 13. Juni

Der 1,61 m kleine Forensiker Niels Hinrichs und die 1,80 m große Kommissarin Angelica Scholz gaben ein merkwürdiges Paar ab. Während der Chemiker über den Boden kroch und nach Dingen suchte, die nicht einer jungen 18-Jährigen gehörten, stand die sportliche Blondine mitten im Zimmer von Lotta Abendrot und schien tief in ihren Gedanken versunken zu sein.

Wo habe ich meine Geheimnisse vor den neugierigen Eltern in diesem Alter versteckt? Sie hatte damals einen viel älteren Freund gehabt, den sie beim Handball kennen gelernt hatte und wollte auf keinen Fall, dass jemand in ihrem nahen Umfeld davon wusste. Ihr Vater, der ebenfalls bei der Polizei war, hätte vermutlich seine Dienstwaffe geholt und den Typen erschossen, der seine »Kleine« verführt und entjungfert hatte. Bis heute glaubten ihre Eltern, dass Lars, ihr jetziger Freund, der erste und vor allem einzige gewesen war. Ihre Mutter war zwar entspannter und ahnte zumindest, dass es vor ihm wohl schon andere gegeben hatte, aber das war kein Grund, ihr alles zu erzählen und so ging sie davon aus, dass auch Lotta Geheimnisse pflegte, sollte sie schon wie die beiden Toten ebenfalls sexuell aktiv gewesen sein. Die sozialen Netzwerke taugten dafür nichts und die Einträge der Mädchen waren wirklich sehr sparsam und eher kryptisch gewesen. Wo würden Eltern nie nachgucken? Ihr Blick fiel auf die vielen Schulbücher, die in Lottas Regal standen. Ihren ersten Liebesbrief hatte sie in ihrem Chemiebuch versteckt. Das hätte ihre Mutter niemals angefasst. Das Fach, das keiner braucht, hatte sie immer gesagt und ihr Chemielehrer hatte das eindrucksvoll bestätigt, da er meistens mit Zeitung und Kaffee in den Unterricht kam und private Geschichten von sich gab. Ein Buch hatten sie jedenfalls nie benutzt.

Scholz griff also zum Chemiebuch und blätterte die Seiten durch. Nichts.

Sie nahm weitere Bücher in die Hand und schaute zwischen die Seiten. Wieder nichts.

Das Geschichtsbuch war dünn und sah ebenfalls ziemlich unbenutzt aus. Wie bei einem Daumenkino ließ Scholz die Seiten durch die Finger gleiten. Aber erneut konnte sie kein Geheimnis entdecken und wollte das Buch gerade wieder wegstellen, als ihr Unterbewusstsein ein Stoppsignal aussandte. Irgendetwas stimmte nicht. Das Gehirn kann ca. 17 Bilder pro Sekunde einzeln verarbeiten. So hatte die Zigarettenindustrie in den Sechzigern einen riesigen Betrug in den amerikanischen Kinos vorgenommen. Jedes 18. Bild war ein rauchender Mensch, einfach in den Film geschnitten. Die Augen nahmen den Film ganz normal wahr, das Unterbewusstsein registrierte aber den Raucher und die Leute kamen mit einem großen Verlangen nach einer Zigarette aus dem Kino.

Sie hatte schnell geblättert und optisch nichts wahrgenommen. Langsam blätterte sie Seite für Seite erneut durch und erstarrte.

»Niels, ich glaube, ich habe etwas.«

Ein Zittern in ihrer Stimme verriet die Erregung und Hinrichs blickte, halb unter dem Bett verkrochen, zu ihr auf.

»Hier sind drei kleine Einträge am Rand des Buches, alle zu einer Verabredung. Drei unterschiedliche Tage, immer die gleiche Zeit. Mit Bleistift, mehr nicht.«

»Hört sich gut an«, brummte der Forensiker und war plötzlich ganz unter dem Bett verschwunden.

»Ich auch«, hörte sie triumphierend unter der Matratze hervorkommen.

Erst tauchten die Füße auf, dann ein ziemlich verstaubter Niels Hinrichs, übers ganze Gesicht grinsend.

»Ich verwette meine kleine Miti darauf, dass dieses graue Haar nicht von Lotta Abendrot stammt.«

Da Scholz wusste, wie wichtig ihm sein kleiner Pudel war, den er nach einer Umweltaktivistin aus Kenia getauft hatte, war sie sich auch sicher, dass sie gerade einen Schritt nach vorne gemacht hatten.

Zufrieden verließ das ungleiche Paar eine halbe Stunde später das Haus in Altenholz, nachdem ihnen Lottas Mutter bestätigt hatte, dass sie sich an keine Verabredung erinnern konnte und niemand mit grauen Haaren im Umkreis ihrer Tochter zu finden war.

14:45 Uhr. Wilhelm schaute auf seine Uhr. Er war kaputt. Nie hätte er gedacht, dass das Lehrerdasein so anstrengend sein könnte. Dieser permanente Lärmpegel, die Hetze zwischen den Stunden, die vielen Fragen der Schüler, die eine echte Pause kaum zuließen. Sein Fußballkurs war ganz gut gelaufen, wenngleich er manchmal das Gefühl gehabt hatte, bei einer Alte Herren Truppe gewesen zu sein. Jede seiner Entscheidungen wurde diskutiert, zweimal setzte ein Junge sich einfach an den Rand und war eingeschnappt, weil er den Ball nicht bekommen hatte. Mehrfach musste er Mädchen trösten, die einen Ball abbekommen hatten, aber letztendlich waren alle ganz nett zu ihm gewesen und hatten interessierte Fragen gestellt. Wieso er denn so lange Haare habe? Ob er verheiratet sei? Was er für Musik höre…

Nun war mittlerweile die 8. Stunde und er saß auf einer kleinen Bank an der Stirnseite der Halle und guckte bei der Sportstunde der 12b zu, die von Jurek Polakowski geleitet wurde, der wie ein ehemaliger Bodybuilder aussah, klein und kompakt, gleichzeitig aber auch der sonnengebräunte Musiklehrer der Schule war. Zur Begrüßung hatte er Wilhelm einen versauten Witz erzählt und ihn über sein Auto ausgefragt. Da der Polizist aber nur mit einem 12 Jahre alten VW Golf aufwarten konnte, hatte Polakowski noch einen Witz erzählt und ihn an den Rand gesetzt.

Die Stunde war von Trauer gekennzeichnet, da Michelsen der Klasse von Ginas Tod erzählt hatte. Mehrere Mädchen und auch ein Junge saßen mit ihm auf der Bank, da sie sich nicht in der Lage sahen, unter diesen Umständen am Sportunterricht teilzunehmen. Der Lehrer hatte dies großzügig angeboten und der verbliebene Rest probierte sich lustlos an Volleyball, was aber eher wie »ich werfe den Ball über die Schnur und lass ihn dann auf den Boden fallen« aussah. So war es bei ihm auch schon gewesen. Die Mädels wollten unbedingt immer Volleyball spielen, berührten aber fast nie einen Ball, da sie viel zu viel Angst hatten. Wahrscheinlich wollten sie sich nur nicht bewegen und dafür war Volleyball perfekt.

Wilhelm sah seine Chance gekommen und fing ein belangloses Gespräch über die Schule mit seiner Sitznachbarin Sandra an. Nach ein paar Fragen wurde er etwas direkter.

»Das mit den toten Mädchen aus eurer Klasse ist ja total schrecklich. Kanntest du die beiden gut?«

»Nein, eigentlich gar nicht. Wir hatten wenig miteinander zu tun. Die drei hingen immer miteinander ab. Aber ist natürlich trotzdem ein Schock. Man macht sich ja so seine Gedanken.«

»Klar, das kann ich verstehen. Was denkst du denn darüber?«

Sie blickte ihn leicht verwundert an, bevor sie aber erwiderte, »Wissen Sie, mein Vater ist Staatsanwalt und der sagt immer, dass die Menschen im Kern ihres Wesens schlecht sind. Nur ein starkes Geflecht aus Moral und Normen würde verhindern, dass es bei vielen ausbreche. Wahrscheinlich haben die beiden einfach Pech gehabt und waren zur falschen Zeit am falschen Ort. Ich bin einfach froh, dass ich es nicht war, auch wenn sich das fies und egoistisch anhört.«

Wilhelm nickte langsam. Darüber hatten sie gestern auch schon diskutiert. Der sogenannte Zufallstäter, der es den Ermittlern so irrsinnig schwer machte, da die Zusammenhänge fehlten. Allerdings hatten sie die Theorie verworfen, da die forensischen Beweise, sprich das Gleitmittel auf dem

Kondom dagegen sprach. Die Abläufe waren zu ähnlich, um Zufall zu sein.

»Na ja, du musst sicher kein schlechtes Gewissen deswegen haben. Warum hingen die drei denn immer alleine ab? Ihr müsst doch auch mal zusammen feiern und so etwas. Als ich Abi gemacht habe, war es auf jeden Fall so.«

»Das stimmt schon und wir haben auch regelmäßig Jahrgangsfeiern und gehen gemeinsam ins Atrium oder Max. Aber die Mädels hielten sich wohl für etwas Besseres. Hatten immer gute Noten, schleimten sich voll bei den Lehrern ein und waren deren Lieblinge. Nur nicht bei Polakowski. Der guckt allen hier auf den Hintern und den Ausschnitt.«

Ein leichtes Lächeln machte sich auf ihrem hübschen Gesicht breit. Wilhelm konnte sich beim besten Willen nicht vorstellen, dass dieses nette und offene Mädchen die Tochter des Misanthropen und Staatsanwalts Walther war, wie Kathrin ihm schon per Whatsapp mitgeteilt hatte.

»Meinst du damit, dass sie von bestimmten Lehrern auch bevorzugt wurden oder war es nur einseitig?«

»Also bei Rex und Grimm war es schon manchmal echt auffällig, aber auch bei anderen. Als ob die drei hier besonderes Schulgeld zahlen oder so. Aber das gibt es ja bei uns nicht. Vielleicht spielen die Eltern ja mit ihnen Golf oder so. Keine Ahnung, aber gerätselt haben wir schon des Öfteren mal.«

Wilhelm hatte keine Idee, ob es sich nur um die normale Eifersucht auf gute Schülerinnen handelte, wie es ja auch häufig vorkam oder ob mehr dran war. Er musste vorsichtig sein, wenn er weitere Fragen stellte. Allerdings lief ihnen die Zeit davon und sie brauchten Ergebnisse, wenn sie eine Chance auf eine lebende Lotta haben wollte. Also ging er aufs Ganze.

»Kann da auch mehr gewesen sein? Also ich meine, man hört ja immer wieder davon und im Studienseminar haben sie uns mehrfach gewarnt. Ähm, du verstehst, was ich sagen will?« Er druckste rum und kam sich ziemlich blöd vor.

»Wenn Sie ein Verhältnis meinen, dann würde ich ein klares Nein sagen. Erstens sind Rex, Grimm und die anderen Säcke viel zu alt und unattraktiv und zweitens hätte das definitiv jemand mitbekommen. Wie soll das funktionieren?«

»Da hast du wahrscheinlich Recht. Soll aber häufiger vorkommen, als man so denkt. Erzählt man uns zumindest an der Uni.«

»Ne, ne. Vielleicht mit so einem jungen knackigen Sportlehrer oder einem Praktikanten, wenn er mal zum Frisör ginge.« Sie grinste ihn ziemlich verwegen an und Wilhelm schoss die Röte ins Gesicht. So schamlos war er zuletzt im Hinterhof in der Bergstraße vor zehn Jahren angebaggert worden. Allerdings war die Frau 35 Jahre alt und reichlich erfahren gewesen, wie sich später herausstellte.

Nach seinem Mini-Triumph über die sklavische Herrscherin des Sekretariats hatte Alexei Gromow sich auf sein Hotelzimmer verzogen und nach einer Internetrecherche angefangen, Münchener Gymnasien abzutelefonieren und dabei schnell Erfolg gehabt. Bereits bei der dritten Schule erklärte man ihm, dass Dr. Steffen Grimm schon seit zwei Jahren nicht mehr dort arbeiten würde. Über die Gründe des Ausscheidens wollte die freundliche Stimme mit bayrischem Dialekt keine Auskunft geben, wurde doch aber merklich kühler. Offensichtlich war es kein freudvoller Abschied gewesen. Der Detektiv nickte zufrieden, legte den Hörer auf und checkte die Nachrichten auf seinem Smartphone. Kathrin hatte ihm geschrieben, dass sie nun wieder erreichbar sei und so rief er sie an.

»Hi Kathrin.«

»Salut Alex«, meldete sich die Kommissarin, die wusste, dass der ehemalige Polizist Französisch furchtbar fand und seine gesamte Schulzeit eine satte Fünf mit durchgeschleppt hatte.

»Sehr witzig, Mademoiselle van Busche, wo treibst du dich herum? Ich habe Neuigkeiten für euch.«

»Ich war mit Meyer bei diesem Monster in Holtenau, sehr unerfreulich, aber er passt nicht so recht in das Tatschema. Trotzdem lassen wir ihn überwachen und wollen uns bei seinem Psychiater Informationen holen, wenn er sie uns denn gibt. Vielleicht muss Walther dabei helfen. Ein widerlicher Mensch. Keine Ahnung, warum der schon wieder frei herumlaufen darf. Irgendetwas stimmt mit unseren Gesetzen nicht.«

»Das habe ich schon öfter gedacht, Kathrin. Aber vielleicht ist das der Preis für ein liberales Land.«

»Na ja, ich weiß nicht. Liberal oder nicht, Arschlöcher und Perverse sollte man trotzdem ewig wegsperren. Aber was hast du für mich?«

Eigentlich durfte Gromow nicht mit ihr über seinen Fall und die Informationen sprechen, aber schon beim letzten Mal hatten sich beide nicht daran gehalten und hervorragend zusammen gearbeitet. Er hatte sogar bei einer Konferenz dabei sein dürfen und mit zur Lösung des Falles beigetragen. Die Ressentiments gegenüber Detektiven waren bei der Mordkommission in Kiel offensichtlich nicht so weit ausgeprägt wie in Hamburg.

»Ich konnte zumindest herausfinden, dass Grimm, der Konrektor, erst seit zwei Jahren hier ist und unter merkwürdigen Umständen München verlassen hat. Ich werde heute Abend da noch weiter telefonieren. Vielleich bekomme ich ja einen Ex-Kollegen ans Telefon, der uns anonym mal einen Wink geben kann. Sonst müsst ihr offiziell über den Staatsanwalt seine Akte aus München beantragen.«

»Okay, saubere Arbeit Alexei. Wir haben nachher Besprechung. Da müssen wir hören, was Wilhelm in der Schule erfahren konnte. Die Zeit drängt und wir haben leider noch keinen konkreten Hinweis auf den Verbleib von Lotta. Wenn du willst, dann komme doch gegen Fünf in die Blume dazu. Du kennst dich da ja aus.«

»Alles klar, das mache ich. Bis später. Ciao Bella.«

»Ciao Ragazzi.«

Gromow packte sein Telefon weg und machte sich auf den Weg, um etwas zu essen.

Pünktlich trafen alle im kleinen, fast schäbigen Konferenzraum der Bezirkskriminalinspektion ein und nahmen Platz. Van Busche hatte für Kaffee und Kekse sorgen lassen und ein munteres Einschenken begann. Gromow kannte bis auf die Neue alle und sein unangenehmes Gefühl, das er beim Betreten des Gebäudes noch gehabt hatte, verflog. Er konnte sich nicht genau erinnern, warum Lorentzen nicht dabei war, aber wahrscheinlich machten auch Chefs mal Urlaub. In Hamburg hatte er seinen ziemlich selten gesehen. Nur bei seiner Entlassung hatte er sich stark in den Vordergrund gespielt. Wahrscheinlich, um einen guten Eindruck beim Polizeipräsidenten zu machen.

Van Busche übernahm das Kommando und nach und nach berichteten alle, was sie in Erfahrung gebracht hatten. Im Anschluss begann die Guess and Shoot-Phase, wie sie das Team immer nannte, in der jeder seine Ideen und Vermutungen äußerte und die anderen versuchen mussten, sie zu widerlegen.

»Erster Täterkreis: Bekannte und Verwandte«, begann die Kommissarin.

Meyer nahm den Ball auf. »Bisher gibt es keinen einzigen Hinweis, der in die Richtung deutet. Alle drei hatten keinen Kontakt zu nahen Verwandten. Natürlich haben wir noch nicht alle Nachbarn überprüfen können. Aber es gibt auch da niemanden, der uns von den Müttern genannt wurde. Die gemeinsamen Merkmale sind die alleinerziehenden Mütter, also die familiäre Situation, die Schule und die Volleyballmannschaft. Damit komme ich zum zweiten Täterkreis: Das nähere Umfeld wie Schule, Verein und Freunde.« Nun war es Wilhelm, der das Wort ergriff.

»Freunde können wir ausschließen. Die Mädchen hingen immer zu dritt rum. Einen Freund hatten angeblich alle drei nicht. Es gab auch keine Verhütungsmittel, Gespräche mit den Müttern darüber oder ähnliches, was darauf hindeuten könnte. Einzig die Einträge in dem Geschichtsbuch könnten etwas bedeuten. Aber mal ehrlich, traut ihr solche Taten einem 18-Jährigen zu? Ich nicht. Da ist ein hohes Maß an Professionalität zu spüren. Wie genau haben wir den Volleyballtrainer überprüft? Vielleicht sollten wir ihm genauer auf den Zahn fühlen. Das ist zumindest eine Möglichkeit. Kommen wir also zur Schule. Die Tochter von Walther behauptet, die Mädchen wurden bevorzugt behandelt, waren die Lieblinge von Rex, Grimm und einigen anderen. Allerdings meint sie, wenn da mehr gewesen wäre, dann wüssten das Leute aus dem Jahrgang. Ich bin da skeptisch. Man hört immer wieder von Lehrer-Schüler-Verhältnissen. Ist in England nicht im letzten Jahr sogar ein Mädel mit ihrem Pauker abgehauen? Das Problem ist die Zahl drei. Ein Mädchen, aber drei? Das ist schon sehr unrealistisch. Außerdem passen Rex und Grimm nun wirklich nicht in das Anforderungsprofil für eine 18-Jährige. Eine junge Ausbildungslehrkraft, okay. Aber die alten Knacker? Die gehen doch zum Lachen in den Keller. Trotzdem sollten wir besonders Grimm durchleuchten. Wenn einer eine Leiche im Keller hat, dann er.« Wilhelm stutzte kurz, dann fiel ihm selbst auf, wie geschmacklos der letzte Satz gewesen war, denn immerhin vermissten sie noch Lotta Abendrot.

»Sorry…«, murmelte er dann noch hinterher.

Scholz nutzte die peinliche Stille und fuhr fort.

»Dritter Täterkreis: Der große Unbekannte, den die Mädchen aber schon länger trafen oder kannten. Von dem sie aber nie erzählt haben.«

»Leider mit die schlimmste Möglichkeit, da das Feld immer größer wird«, ergriff Gromow das Wort, »Klassenfahrt, Freibad, Discobekanntschaft. Da gibt es unzählige Möglichkeiten. Habt ihr schon die Presse informiert? Wer hat sie zuletzt gesehen? Aufruf an den Kommissar Bevölkerung. Vielleicht gibt es irgendwelche Hinweise. Drei Mädchen können nicht verschwinden, ohne dass auch nur irgendjemand etwas davon mitbekommt. Was sagt uns das graue Haar? Das könnte doch von überall auf ihre Klamotten gekommen sein.«

Hier griff van Busche ein.

»Das glaube ich nicht. Es lag hinter ihrem Bett. Wenn sie es oberflächlich irgendwo an ihrer Kleidung gehabt hätte, dann wäre es doch beim Ausziehen runtergefallen. Ihre Mutter sagt, dass sie ihre Klamotten immer über den Schreibtischstuhl gelegt hätte und der steht auf der anderen Seite des Zimmers. Ich denke eher, entweder war jemand mit auf dem Bett oder sie hatte es irgendwo unter dem Pullover, dem T-Shirt, dem BH oder so. Niels konnte aber keine weitere DNA oder andere Spuren im Bett finden, also Möglichkeit B. Da wir das Haar aber nicht direkt mit der Tat in Verbindung bringen können, haben wir auch keine Chance, jemandem eine Vergleichsprobe abzuknöpfen, selbst wenn er graue Haare hat.«

»Tja, also der Volleyballtrainer, der ist aber erst 35 und vermutlich nicht grau, irgendwer also aus der Schule oder jemand, den sie kennen gelernt haben. Allerdings bliebe auch die schlimmste Möglichkeit noch, der Zufallstäter.« Gromow blickte in die Runde und wusste sogleich, dass van Busche ihn zerpflücken würde.

»Ein Zufallstäter, der dreimal zuschlägt? Das würde sich nicht einmal Henning Mankell ausdenken. Das ist einfach zu unwahrscheinlich. No way«, kam der Konter der jungen Kommissarin in seine Richtung.

»Ich wollte es ja nur erwähnt haben«, schmollte Gromow, dem es ein wenig peinlich war, so etwas Blödes gesagt zu haben.

»Halb so wild«, zwinkerte van Busche ihm zu. »Morgen bekommen wir noch fünf Leute zur Verstärkung. Damit können wir schneller unseren dritten Kreis abarbeiten. Meyer und Angelica kümmern sich bitte um den Trainer. Nehmt ihn ruhig ein wenig härter dran. Wir brauchen da Sicherheit. Wilhelm bleibt in der Schule am Ball. Um 19 Uhr ist eine Pressekonferenz angesetzt, die ich leiten werde. Dort geben wir das Foto von Lotta heraus und bitten um Hinweise aus der Bevölkerung. Morgen treffe ich mich mit unserem Psychologen, um ein Profil zu erhalten. Danach kümmere ich mich noch einmal um Tramm. Auch da brauchen wir Sicherheit, um ihn auszuschließen. Was machst du, Alexei?«

»Ich werde gleich noch weitere Klassenkameradinnen abklappern und mich noch ein wenig in Altenholz umhören.«

»Gut. Wir brauchen Ergebnisse. Selbst Brumm hat schon versucht, mich zu erreichen und Lorentzen habe ich angeflunkert, um ihm nicht den verdienten Urlaub zu versauen. Also haut rein.«

Er strich mit seiner linken Hand über ihren flachen Bauch, langsam in Richtung Brüste. Sie wand sich unter seiner Hand, doch er fasste es als Spiel auf. Er kam bei der Kehle an und drückte leicht zu und konnte die aufkommende Panik in ihren Augen sehen. Dabei fragte er sich, wie es so weit hatte kommen können. Svenja und Gina tot, Lotta konnte er auch nicht am Leben lassen. Er war kein Mörder, zumindest empfand er es nicht so. Actio gleich Reactio oder auch Wechselwirkungsprinzip. Das dritte newtonsche Axiom war nur folgerichtig von ihm angewandt worden. Sie wollten ihn verlassen, also verließ er sie. Die gleiche zerstörerische Kraft, die sie freigesetzt hatten, hatte sie selbst zerstört. Hatte bei Svenja noch eine gewisse Verwirrung geherrscht, so war es bei Gina nur logisch gewesen. Er drückte etwas fester zu und genoss Lottas Qualen. Er war auch kein Sadist. Sie hatte ihn auch gequält, also quälte er sie. Actio gleich Reactio. Sein Griff lockerte sich wieder und Lotta sog gierig die Luft ein. Er nahm einen tiefen Zug aus der Zigarette, die er in der rechten Hand hielt und pustete den Rauch ihr direkt ins Gesicht. Sie musste husten, was bei dem noch vorherrschenden Sauerstoffmangel eine besondere Qual war. Ihr liefen Tränen über die Wangen, die im schmutzigen Laken versickerten.

»Was soll ich nur mit dir machen? Du warst von euch Dreien mit Abstand die beste. Aber irgendwie habe ich das Ge-

fühl, dass es nie mehr so wird wie früher. Ich kann dir nicht mehr trauen, vor allem jetzt nicht, wo die Polizei überall rumschnüffelt. Du hättest dich nicht von mir trennen sollen. Alles war perfekt. Jetzt muss ich mich von euch trennen. Das verstehst du doch. Bei dir fällt es mir aber so schwer.«

Wieder strich seine linke Hand über ihre Brüste, diesmal aber in die andere Richtung. Er kam bei ihrer Scham an und berührte sie.

»Wie schön du doch bist. Selbst hier auf diesem Lager. Vielleicht lasse ich dich doch am Leben. Ich weiß es nicht.«

In ihrem Blick war das blanke Entsetzen. Seine Hand wanderte tiefer und seine Finger drangen qualvoll in sie ein. Sie wand sich und stöhnte vor Schmerz und zerrte an ihren Fesseln, die in ihre Hand- und Fußgelenke schnitten, so dass sie wieder zu bluten anfingen.

»Was denn? Neulich hat es dir noch gefallen, du versaute Fotze. Du warst doch permanent geil und wolltest mehr. Und nun? Nun ist alles schlecht? Du solltest lieber deine letzten Stunden genießen. Wer Wind sät, der wird Sturm ernten. So steht es schon in der Bibel, mein Täubchen.«

Mit der rechten schnipste er seine Zigarette auf den Fußboden und beugte sich über sie.

Van Busches erste Pressekonferenz

Lorentzens Büro in der »Blume«, 13. Juni 18.45 Uhr

Es war dunkel geworden. Und sehr kalt. Die Kommissarin ging am Nord-Ostsee-Kanal an der Villa Hoheneck vorbei. Die Dunkelheit war Furcht einflößend. Sie zitterte, hatte Angstschweiß auf der Stirn. Doch van Busche ging weiter in die Dunkelheit in Richtung Landesinnere, sie musste weitergehen. Aus dem Schein der Laternen ging es immer weiter, tiefer in die Dunkelheit. Auch von der Villa Hoheneck ging kein Licht aus, das schöne Restaurant mit Biergarten öffnete derzeit nur für Veranstaltungen und stand sogar vor einem möglichen Abriss in naher Zukunft. Sie marschierte weiter von Laterne zur Laterne, sie konnte nicht anders. Es war, als ob Frodo die Schwere seines Ringes spürte und weiter nach Mordor musste. Wenn die Laternen schienen, war es Gandalf, der weiße Zauberer, der mit seiner immensen Macht mit einem hellen Licht zur Hilfe kam. Doch die Phasen zwischen den Laternen waren schlimm. Furchtbar schlimm. Auch die Geräusche von der Holtenauer Hochbrücke verstummten langsam ganz. Van Busche ging an der letzten Laterne vorbei. Sie wusste, dass es die letzte vor dem Kampf mit ihm war, aber sie konnte nicht anders. Es wurde genau zwischen den Laternen acht und neun nach der Villa Hoheneck duster, stockduster. Dann stand er vor ihr. Nicht besonders groß, ein gepflegtes Äußeres: Der Sexualverbrecher Gunther Tramm hatte ein gigantisches Fleischermesser in seiner rechten Hand: »Schön, dass Du mei-

ner Einladung gefolgt bist«, erklärte Tramm mit einem fetten, fiesen Psycho-Grinsen im Gesicht. Er war ganz ruhig. Van Busche stellte sich kampfbereit in den sicheren Stand. »Ich wusste, dass Du es willst. Meine Einladung zum schönen Ficken war zu verlockend.«

Van Busche stand felsenfest ihrem Angreifer gegenüber: »Ich werde Dich fertig machen, diesen Kampf wirst Du nicht überleben«, antwortete die Kommissarin. Doch Tramm war die Ruhe selbst. »Keiner kann der Faszination des Bösen widerstehen«, lächelte er. Tramm liebkoste langsam sein Fleischermesser. »Die Gedanken rasten in meinem Kopf. Die schöne Polizistin. Die Titten, das viele Blut. Ich bin endlich wieder der wütende Orkan«, erwiderte Tramm plötzlich sehr aufgebracht und stürzte sich auf sie. Das Fleischermesser verfehlte sie nur knapp. Beide stürzten zu Boden. Er umklammerte sie und zerriss ihren lila Kapuzenpullover. Ihre Brüste waren zu sehen. Tramm lag über ihr. Er wurde wieder ganz ruhig, lächelte liebevoll. Das riesige Fleischermesser in seiner rechten Hand. Dann dieses Hämmern, viermal, fünfmal, sechsmal. Ohrenbetäubend laut.

»Kathrin, ist alles okay?«, fragte Jan-Malte Christiansen sehr besorgt. Der Chef der Pressestelle trug einen hellen Anzug und sah wie immer blendend aus. »Die PK beginnt gleich. Es ist der Wahnsinn, wer alles da ist, auch überregional.« Van Busche lag auf dem schwarzen Ledersofa des Chefs und ihre Augen waren starr vor Schock.

»Wenn Tramm richtig mit Medikamenten eingestellt ist, dann bin ich die Patin von Jeju-Island«, dachte die Kommissarin. »Der gehört für ewig hinter Gitter!« Sie war auf dem Sofa ihres Chefs eingeschlafen und hatte einen schrecklichen Albtraum gehabt. Sehr real, wie sie fand. Die letzten Tage mit Kleinkind und täglich 12 bis 14 Stunden Arbeit hatten deutlich ihre Spuren hinterlassen. Sie war noch nie beim Dienst eingeschlafen. Und selbst über sich schockiert.

Christiansen verstand sich blendend mit der Kommissarin, doch aufgrund der großen, bevorstehenden PK war auch er nun sichtlich besorgt.

»Ich sehe bestimmt schrecklich aus, oder? Ich bin kurz hier eingeschlafen«, stammelte van Busche.

»Kathrin, Du siehst immer fantastisch aus«, antwortete Christiansen nicht ganz ehrlich, aber sehr charmant. Es war die erste Pressekonferenz, die die Kommissarin alleinverantwortlich leitete und Jan-Malte Christiansen wirkte nervös.

»Wie lange noch?«, fragte van Busche.

»Noch vier Minuten«, sagte der Pressechef ehrlich. Jan-Malte Christiansen war ein völlig untypischer Norddeutscher. Vom Typ her passte wohl am besten *italienischer Herzensbrecher* zu ihm. Kräftige Statur, dunkle Haare, dunkle Augen und dazu 1,84 Meter groß. Und wieder solo, seit drei Jahren und seit seiner Affäre mit Swanje, van Busches Ex-Nachbarin aus der Wrangelstraße.

»Packst Du das? Oder brauchst Du noch zehn Minuten?«, fragte Christiansen. Van Busche legte den Schalter um und ging über zu *Carpe Diem,* ihrem Motto.

»Geht klar, muss mich nur noch kurz umziehen«, meinte van Busche und zwinkerte ihrem Gegenüber zu. Der Pressechef ging dann vor zum großen Sitzungssaal der Kieler Bezirkskriminalinspektion. Dann ging alles ganz schnell. Hinein in ihren alten, grauen Hosenanzug. Sie bräuchte dringend mal wieder neue Klamotten. Fix einen Zopf gebunden. Das hasste sie, ging nun aber nicht mehr anders.

Der große Sitzungssaal war bis zum letzten Platz voll mit Journalisten, Kameraleuten und Fotografen. Im Gang standen zudem gleich vier Fernsehteams, von der ARD, dem ZDF, RTL und natürlich vom NDR. War das da vorne nicht Marietta Slomka? Die vom ZDF? Van Busche schaute manchmal, wenn Nick endlich schlief, noch mit Johann das »heute journal« um 21.45 Uhr. Danach fielen sie meist todmüde ins Bett in ihrem schmucken neuen Häuschen in Altenholz. »Viel Glück«, sprach sie plötzlich ein blonder Typ in Motorradjacke an. Alexei Gromow. Das war ja nett. Van Busche musste aber weiter nach vorne und grüßte den Privatdetektiv nur kurz. Drei Radioreporter von R.SH, delta radio und von der Welle Nord bauten gerade vorne am Tisch vor dem Namensschild *Leitende Kommissarin Kathrin van Busche* ihre Mikrofone auf. Dazu die vielen Zeitungsredakteure und Fotografen, vorne links saß Rickmer Hansen von den Kieler Nachrichten.

Auf dem länglichen, weißen Kunststofftisch vor Pressechef Jan-Malte Christiansen und Polizeipräsident Brumm war ein Wust aus Mikrofonen, Kabeln und Diktiergeräten aufgebaut. Dazu natürlich die obligatorischen Wasserflaschen. Ihr Chef Lorentzen hasste Pressekonferenzen. Er hatte stets das Gefühl, als ob er auf der Anklagebank säße. »Als ob ich mich vor der Presse verteidigen muss«, schimpfte Lorentzen meist vor diesen Presseterminen. »Meine Ausflüchte und nichts sagenden Bemerkungen wie *Kein Kommentar* erinnern die Journaille an die eines Schuldigen.« Kathrin van Busche dagegen stand gerne im Mittelpunkt und hatte auch ein besseres Verhältnis zur Presse. Die Kommissarin hätte sich nur gerne vorher richtig schick zurecht gemacht. Aber, dass Gromow da war, war ja mal richtig nett. Sie schaute zu ihm und hatte ein gutes Gefühl. »Er sieht zwar nicht so gut aus, ist aber echt ein interessanter Typ«, dachte sie wieder einmal und setzte sich neben den Polizeipräsidenten, der bis auf bei Pressekonferenzen als nahezu unsichtbar galt. Staatsanwalt Walther hatte sich entschuldigen lassen, was niemanden verwunderte.

19.01 Uhr. Jan-Malte Christiansen eröffnete die PK, begrüßte freundlich die Journalisten und stellte zunächst den Polizeipräsidenten und die leitende Hauptkommissarin der SOKO vor. Im Saal herrschte weiter Unruhe, einige Pressevertreter kamen erst jetzt. Auch Sven-Uwe Wilhelm schlüpfte kurz zuvor noch durch die Tür. Ein Handy klingelte. Brumm trug einen schicken grauen Zweireiher, er präsentierte sich gerne der Öffentlichkeit. Wenn es aber um die niederprasselnden Fragen der Journalisten ging, dann ließ er der Leitenden Kommissarin den Vortritt. Nur die einleitenden Informationen lieferte Brumm wie immer selbst:

»Meine Damen und Herren. Bei den Toten handelt es sich um zwei 18-jährige Schülerinnen aus Kiel. Eine weitere Schülerin wird noch vermisst. Sie gingen alle drei in dieselbe Klasse«, erklärte der Kieler Polizeipräsident. »Unser Gerichtsmediziner geht davon aus, dass es sexuelle Handlungen zwischen dem oder der Täterin und den Schülerinnen gegeben hat. Bitte haben Sie Verständnis, dass wir weder die Identität der Mädchen noch den Namen der Schule preisgeben.«

Brumm lehnte sich zurück und nahm sich ein Glas Wasser: »Fragen bitte an Hauptkommissarin Kathrin van Busche. Sie leitet die Ermittlungen.«

Es schnellten etliche Arme zeitgleich in die Höhe. Erneut klingelte ein Handy. Ein Redakteur der Bild schrie seine Frage quer durch den Saal. Jan-Malte Christiansen wählte jedoch KN-Redakteur Rickmer Hansen mit der ersten Frage aus, dem Journalisten wurde daraufhin von einer Assistentin aus der Presseabteilung ein Mikrofon gereicht.

»Warum leitet in solch einem Fall nicht der Erste Kriminalhauptkommissar Horst Lorentzen die Ermittlungen?«, fragte Hansen knapp. Van Busche blickte ärgerlich zu ihm hinüber. Dann schnappte sich Polizeipräsident Morten Brumm sein Mikro.

»Es ist so, dass Frau Hauptkommissarin Kathrin van Busche ohnehin Ende des Jahres neue Erste Hauptkommissarin hier in Kiel sein wird. Sie ist unsere Beste. Jeder Zweifel an ihr ist vollkommen unangebracht. Da spreche ich auch im Namen des scheidenden Ersten Kriminalhauptkommissars Horst Lorentzen selbst. Weitere Fragen?«

Van Busche hörte wohl nicht richtig. Hatte Brumm das eben tatsächlich gesagt? Morten Brumm, der Unsichtbare? Christiansen machte sofort weiter. Als nächste kam eine attraktive Radioreporterin Ende 30 von der Welle Nord dran. »Lag vor dem Mord eine Vergewaltigung vor oder hatten die Mädchen mit dem Täter einvernehmlichen Geschlechtsverkehr?«

»Laut den Erkenntnissen unserer Gerichtsmedizin war das bei den zwei Fällen unterschiedlich«, erwiderte Kathrin van Busche. »In dem ersten Fall scheint es sich um einvernehmlichen Geschlechtsverkehr gehandelt zu haben, im zweiten Fall um eine Vergewaltigung, nachdem das Mädchen bereits tot war.«

Ein kleiner, untersetzter Redakteur des Schleswig-Holsteinischen Zeitungsverlags hakte nach. »Kann es also sein, dass es sich um zwei verschiedene Täter handelt? «

»Wir ermitteln natürlich in alle Richtungen. Die Tatsache, dass es in den beiden Fällen jedoch viele Ähnlichkeiten gibt, spricht jedoch gegen Ihre Vermutung.«

Der SHZ-Redakteur wollte eine Nachfrage stellen, aber Christiansen hatte das Mikrofon bereits an den Bild-Reporter weiterreichen lassen. »Zwei Schülerinnen sind tot. Eine weitere wird vermisst und Sie tappen noch völlig im Dunkeln. Kann man das so zusammenfassen?«

»Das ist absolut richtig«, erwiderte van Busche. Totenstille im Saal. Brumm schaute seine Leitende Kommissarin entsetzt an. »Wir haben bei der Kieler Polizei nicht mal mehr Taschenlampen für den Nachteinsatz. Die Polizeiwagen sollen nachts sogar das Licht ausschalten, um Strom zu sparen. Total blindes Rumtappen im Dunkeln«, setzte van Busche fort und lächelte dem Reporter des großen Boulevardblattes nett zu.

Großes Gelächter im Saal. Der Redakteur der Bild war sichtlich erbost und wollte ebenfalls sofort eine Nachfrage stellen, aber Christiansen erteilte einem TV-Reporter vom Schleswig-Holstein-Magazin das Wort.

»Sie sprachen von Ähnlichkeiten bei den beiden Morden. Welche waren das? Wo wurden zudem die toten Schülerinnen gefunden?«, wollte der Journalist vom NDR wissen.

Kathrin van Busche berichtete von den Fundorten der Leichen im Nord-Ostsee-Kanal sowie im Kieswerk Vierhusen. Zudem erklärte sie, dass beide nackt aufgefunden worden waren und auch aus derselben Klasse eines Gymnasiums stammten. »Sie sind beide quasi wie Müll weggeworfen worden«, sagte van Busche mit ernster Miene.

Dann stellte ein großer Reporter von R.SH die nächste Frage: »Wie groß ist das Team, das Sie zur Verfügung haben?«

Die Kommissarin trank einen Schluck Wasser und räusperte sich. »Die Kieler Polizei hat die SOKO *Tote vom Kanal* gegründet und alle verfügbaren Mitarbeiter wurden für den Fall abgezogen.«

Alexei Gromow saß hinten rechts in dem bis auf den letzten Platz gefüllten Saal. »Mensch, Kathrin schlägt sich ja richtig wacker«, fand der Privatdetektiv.

Brumm gab Christiansen ein Zeichen, worauf dieser die letzten drei Fragen ankündigte. Den Anfang machte Henning Siercks, ein älterer Kollegen von Radio NORA: »Wird auch im Umfeld der Schule ermittelt?«
»Selbstverständlich«, erwiderte van Busche.

»Uns liegen Informationen vor, dass gerade ein verurteilter Sexualstraftäter aus der JVA Kiel entlassen wurde. Könnte diesbezüglich ein Zusammenhang bestehen«, fragte nun nochmals Rickmer Hansen von den Kieler Nachrichten.
»Wir ermitteln in alle Richtungen, dazu gehört selbstverständlich auch die Überprüfung von ehemaligen Sexualstraftätern«, entgegnete die Kommissarin nur knapp.
Christiansen kündigte die letzte Frage an. Im Sitzungssaal der Kriminalpolizeidirektion schnellten wieder sieben, acht Arme in die Höhe, darunter auch wieder der Arm von Rickmer Hansen und der des Bild-Reporters. Der Pressechef wählte jedoch Marietta Slomka vom ZDF aus. »Wie groß ist Ihre Sorge um das dritte Mädchen?«

Kathrin van Busche trank den letzten Schluck Wasser aus ihrem Glas aus und antworte erneut mit bittererernstem Gesichtsausdruck, »Sehr groß.«

Danach wurden noch Kopien mit den wichtigsten Fakten und drei Fotos verteilt, mit der Bitte um Informationen, wer die Mädchen vor ihrem Verschwinden noch gesehen hat.

Gromow passte van Busche bei ihrem Fahrrad am Hinterausgang der Blume ab, da er sich denken konnte, dass sie dem Trubel vor dem Gebäude entgehen wollte. Zudem fuhr sie gerne Rad, wenn das Wetter es zuließ und Tief Dietmar hatte es seiner Ex wohl kräftig gezeigt und lag nun völlig ausgepumpt auf dem Sofa.

»Gut gemacht, Kathrin.«

»Danke, aber so langsam bin ich echt alle. Wir arbeiten alle am Limit und haben tatsächlich keine heiße Spur. Aber wenn ich heute nicht zum Schlafen komme, dann bringe ich morgen nichts Vernünftiges zustande.«

»Das glaube ich dir gerne«, erwiderte der Detektiv, »ich wollte bloß noch zwei Dinge wissen. Ich habe vorhin noch ein paar Klassenkameradinnen abgearbeitet. Die bestätigen alle das, was Wilhelm auch schon in Erfahrung gebracht hat. Mädchenclique, bei Lehrern auffällig beliebt, keinen Freund, kaum Kontakt. Besonders bei Grimm sollen alle drei im Geschichtskurs immer in der ersten Reihe gehockt haben, um mit ihm zu flirten. Er sei allerdings nicht darauf eingegangen. Ist er eigentlich verheiratet?«

»Ja, seit zehn Jahren. Veronica Grimm, zwölf Jahre jünger als er. Kommt aus Stuttgart. Warum?«

»Ich finde den Typ irgendwie komisch. Bei dem stellen sich mir die Nackenhaare auf. Wenn ich ehrlich bin, kann es aber auch an meiner Schullaufbahn liegen. Ich war auf so einem Elite-Gymnasium in Pinneberg. Dort lief fast nur dieser Schlag Lehrer rum und du kannst dir ja vorstellen, wie ich mit denen so klarkam. Wenn ich nicht so einen verrückten Ex-Basketballprofi aus den USA als Tutor und Sportlehrer gehabt hätte, der sich immer für mich einsetzte, dann wäre ich bestimmt von der Schule geflogen. Ich bin also nicht ganz objektiv, was ihn betrifft. Aber ich hatte die Hoffnung, dass er alleine in einem bösen großen Haus nördlich des Kanals wohnt.«

»Du hast echt eine wilde Phantasie«, entgegnete van Busche schmunzelnd. »Er wohnt mit seiner Frau in einem Reihenhaus in Kiel-Wellsee. Das passt also gar nicht. Wilhelm hat alle Lehrer von den Mädels noch durch den Computer laufen lassen. Da war gar nichts Auffälliges. Mit so einem Verdacht musst du auch verdammt vorsichtig sein.«

Gromow blickte sie erstaunt an.

»Das ist auch nur ein Gefühl und kein Verdacht. Keine Sorge, ich halte mich zurück. Was ich noch wissen wollte, was hat Hinrichs zu den Bildern gesagt?«

Van Busche strich sich müde eine blonde Strähne aus dem Gesicht, während sie ihr Rennrad aufschloss.

»Er hat das noch mit einem Spezialisten besprochen. Sie sind sich einig, dass sie abfotografiert sind und zwar mit einem Handy. Die Auflösung ist nicht so dolle und auch die Tiefenschärfe nicht. An einer Ecke ist wohl ein ganz klein wenig eines Bettrahmens zu erkennen. Er tippt auf

IKEA, ist sich aber nicht sicher. Das hilft uns ohne Verdächtigen auch nicht weiter, leider.«

»Euch nicht, aber mir.«

Gromow verschwand leicht grinsend vom Hinterhof und ließ eine verwunderte Kommissarin zurück.

Meyer und Scholz machten noch keinen Feierabend, obwohl der Kommissar starke Rückenschmerzen hatte und sich gerne nach einer Ibuprofen ins Bett gelegt hätte. Aber Meyer war zu sehr Profi und schnell war er von seiner Idee der reinen Büroarbeit abgerückt. Man konnte keine Fälle am Schreibtisch lösen und schon gar keine Vermisste finden. Bei Scholz machte er sich wegen der Überstunden keine Sorgen. Sie war neu, sie war jung und sie war ehrgeizig. Außerdem empfand er sie als sympathische Gesellschaft, da sie offen und humorvoll war. Jetzt saßen sie im Auto und waren auf dem Weg zum Volleyballtraining in die Sporthalle, wo die Mädchen dreimal die Woche gewesen waren. Der Computer hatte nur wenig über Igor Fugagev, den Trainer, ausgespuckt. 35 Jahre alt, seit sieben Jahren in Deutschland, bis vor zwei Jahren Spieler bei der SVG Lüneburg, nun Trainer der Damen Landesligamannschaft vom TuS Holtenau, gebürtiger Russe.

Scholz verschloss die Türen des Mondeo, während Meyer sich langsam streckte.

»Danke, dass du gefahren bist. So weit bin ich wirklich noch nicht wieder. Ich habe ja kaum Zeit, zu meinem Krankengymnasten zu fahren. Dieser verdammte Fall.«

So kannte Scholz Meyer noch gar nicht. Normalerweise war er immer sehr ruhig und reserviert und stand völlig im Schatten von Lorentzen und van Busche.

»Das wird schon wieder«, versuchte sie ihn aufzumuntern. »Sobald wir das Schwein erwischt haben, ist auch wieder Zeit für Persönliches«, zwinkerte sie ihm zu.

Meyer fragte sich, was das bei ihr sein konnte. Sie spielte wohl ganz gut Handball, einen Freund hatte sie einmal beiläufig erwähnt. Ansonsten lebte sie für die Arbeit und er wusste nichts über sie.

»Ja, wird wohl«, seufzte er, während sie auf die Tür der Halle zuschritten. Das Training sollte in einer Viertelstunde zu Ende sein und nachdem sie das Foyer betreten hatten, setzten sie sich auf die Tribüne und sahen dem Abschlussspiel der zehn Frauen zu.

Nach einem Schlussritual gingen die Spielerinnen zum Duschen und der Coach kam zu ihnen.

»Hallo, ich bin Igor Fugagev«, stellte er sich mit deutlich östlichem Akzent vor.

»Ich bin Kriminaloberkommissar Meyer und das ist meine Kollegin Kriminalkommissarin Scholz«, stellte Meyer beide vor. Dabei hielten sie kurz ihre Dienstausweise in die Höhe. »Wir hatten uns telefonisch angekündigt und sind wegen Svenja, Gina und Lotta hier. Sie wissen wahrscheinlich, was passiert ist?«

»Leider ja. Eine Tragödie. Wir wollten erst alles absagen. Aber was soll das bringen? Leben geht weiter.« Er guckte sie zufrieden an. Vielleicht überraschte er sich selbst mit seiner abgeklärten Art, Empathie war offensichtlich nicht seine Stärke.

»Wir würden gerne wissen, wann Sie die drei zuletzt gesehen haben und ob Ihnen etwas aufgefallen ist?«, fragte Meyer direkt.

»Letzten Donnerstag war das, beim Training. Gina aber nicht. Die hat schon länger aufgehört, zu klein, kam nur noch zum Zuschauen«, erwiderte er leicht fröhlich.

Eine 1,60 m große Volleyballerin passte wohl nicht in sein Leistungsbild.

»Herr Fugagev, Gina ist tot, nackt in einer Kiesgrube gefunden worden. Ihre Größe spielt dabei keine Rolle. Sie sollten die Sache etwas ernster nehmen. Sonst treffen wir uns morgen offiziell auf dem Revier«, platzte es aus Scholz heraus und nun war es an Meyer zu grinsen, als er den über zwei Meter großen Volleyballtrainer rot anlaufen sah. Unter seinem kurzen blonden Haar leuchtete das Gesicht wie bei Osram Jupp Heynkes, der sich gerade mit dem Triple bei Bayern München unsterblich gemacht hatte.

»Entschuldigung, Sie haben natürlich recht, das war unpassend.« Verunsichert blickte er zwischen den beiden Polizisten hin und her.

»Ist Ihnen bei den Mädchen also etwas aufgefallen?«, fasste Scholz energisch nach und guckte herausfordernd.

»Nein, wirklich nicht. Lotta und Svenja blieben nie nach dem Training, haben nicht mal mit den anderen geduscht. Trainingsanzug an und ab mit dem Fahrrad nach Hause. Alles wie immer.«

»Hatten die Mädchen mal Freunde mit zu den Spielen, einen Freund oder Verehrer auf der Tribüne?«, übernahm nun wieder Meyer das Gespräch.

»Nicht das ich wüsste, nein, sicher nicht.« Fugagev wusste nicht so richtig, an wen er sich halten sollte. Der Riese schrumpfte so langsam auf Normalmaß.

»Was war mit dem Spiel am Wochenende?«, wollte Meyer weiter wissen und gab sich damit als Laie zu erkennen,

»Nein, nein, die Saison ist zu Ende. Wir trainieren nur noch ein bisschen so, bevor die Strandsaison losgeht. Ich kann Ihnen leider nicht helfen.«

»Nun denn, ich lasse Ihnen meine Karte hier, falls Ihnen doch noch etwas einfällt. Alles kann wichtig sein. Lotta wird noch vermisst. Eile ist also geboten.« Damit beendete der Kommissar das Gespräch und drehte sich langsam Richtung Ausgang.

Auch Scholz bewegte sich zu den Türen, als sie sich noch einmal umdrehte.

»Ach, Herr Fugagev, färben Sie sich eigentlich die Haare?«

Der Trainer guckte sie ein wenig perplex an, bevor er erwiderte, »Ja, jeder hat so seine Schwächen und ich bekomme schon seit Jahren graue Haare. Wieso?«

»Nur so…«

Bevor Gromow sich auf den Weg zu Maria machte, um ein privates Whisky-Tasting zu bekommen, vielleicht auch mehr, fuhr er mit seinem neuen alten MX 5 nach Kiel-Wellsee. Er wollte sehen, wie und wo Grimm lebte. Es war tatsächlich nur ein Gefühl, aber manchmal musste man eben seinen Instinkten vertrauen. Der Kerl war nicht koscher, er bediente zu viele Lehrerklischees, da war Gromow sich sicher. Auch wenn er seinen Vater, den ehemaligen russischen Flottenadmiral und späteren Politiker, Boris Gromow, in seinem Leben nicht oft gesehen hatte, eins hatte er von ihm gelernt. »Die Augen verraten dir viel über einen Menschen, aber es ist der Zug um den Mund, der dir zeigt, wer der Mensch dahinter ist«, hatte er immer gesagt. In seinem Psychologieseminar hatte er mit dieser These nicht punkten können, aber für ihn war viel Weisheit an diesem Spruch. Als er noch bei der Hamburger Polizei war, galt er als guter Menschenkenner. So falsch konnte sein Vater also nicht gelegen haben. Auch in Putin hatte er sich nicht getäuscht. Als dieser nach dem Rücktritt Jelzins am 31.12.1999 zum Ministerpräsidenten ernannt wurde, hatte sein Vater noch in der Silvesternacht gesagt, »Seine Augen mögen lachen, seine Wangen grinsen, es sind die Lippen. Hart und grausam. Putin wird uns nicht lange so leben lassen.« Am 10. Januar entließ er dann etliche politische Größen, darunter auch den verdienten Boris Gromow, unter dem Vorwand der Korruption, nachdem er selbst Jelzin per Dekret kurz vorher Straffreiheit zugesichert hatte. Ende Januar hob er die Militärausgaben um 50% an, im März wurde er zum zweiten nachsowjetischen Präsidenten Russlands gewählt.

Gromow hatte bei Grimm etwas Ähnliches erkannt oder meinte, es erkannt zu haben und daher wollte er mehr über den Menschen Grimm wissen, nicht über den Lehrer.

Über den hatten ihm die Schülerinnen genug erzählt. Gromow parkte seinen Wagen auf dem Parkstreifen in der Braunstraße kurz vor dem Avantage Sporthotel und schlenderte bei angenehmen Abendtemperaturen den Bürgersteig entlang. Das Haus war ein langgestrecktes Gebäude mit rotem Dach, in dem drei Eingänge nebeneinander lagen. Davor stand ein riesiger Carport mit vier Stellplätzen, von denen momentan drei belegt waren. Der Audi A6 gehörte mit Sicherheit Grimm, zumindest hatte er das Kennzeichen Ki-SG 71, Name und Jahrgang. Daneben stand ein ziemlich neuer brauner Mini Cooper, Ki-VG 83 und man musste nicht die hellste Kerze am Baum sein, um zu dem Schluss zu gelangen, dass der Wagen seiner Frau gehörte. Ganz rechts stand noch ein Opel Zafira, der Inbegriff des deutschen Familienautos. Der letzte Platz war leer.

Gromow schlenderte langsam weiter, als eine attraktive Brünette um die Dreißig aus dem mittleren Eingang kam und direkt auf die Autos zusteuerte. Er beschloss, die Chance zu nutzen und blieb vor dem Mini stehen. Die Frau trug das lange braune Haar offen, durch eine Sonnenbrille zurückgesteckt, so dass ihr hübsches Gesicht betont wurde. Dazu trug sie ein buntes Sommerkleid mit einer leichten hellblauen Strickweste darüber und geschnürte Ledersandalen.

Sie holte den Schlüssel aus ihrer Handtasche, als sie bemerkte, dass der Detektiv sie immer noch anschaute.

»Kann ich Ihnen helfen?«

Gromow setzte sein Schwiegersohnlächeln auf.

»Vielleicht, vielleicht auch nicht.« Dabei zwinkerte er sie leicht lächelnd an. »Meine Frau wünscht sich genau so einen Mini und ich bin da eher skeptisch. Seit wann können die Engländer Autos bauen, auch wenn sie jetzt deutsche Unterstützung haben?«

Veronica Grimm lächelte zurück und zeigte ihre vollen geschminkten roten Lippen.

»Ich bin eine Frau. Ich kaufe ein Auto nach dem Aussehen und interessiere mich nicht dafür, woher es kommt oder wer es herstellt. Sie haben also den völlig falschen Ansatz.« Ihre weißen Zähne blitzten ihn an.

»Touché«, erwiderte Gromow. »Die Farbe gefällt ihr bestimmt und in jedes Parkhaus passt der Wagen auch. Wie fährt er sich denn?«

Sie zögerte kurz, als ob ihr erst jetzt auffiel, dass sie sich mit einem wildfremden Mann unterhielt, bevor sie antwortete.

»Also, ich bin zufrieden. Allerdings benutze ich den Mini nur in der Stadt. Bei der Arbeit habe ich einen bequemeren und größeren, da ich viel unterwegs bin. In der Stadt ist der Wagen super. Zufrieden?« Sie lächelte ihn weiter ungeniert an und Gromow wurde ein wenig verlegen.

Er hatte schon Angst, dass sie ihm eine Probefahrt anbieten würde, wenngleich er sich Schlimmeres vorstellen könnte.

»Na, dann werde ich das mal so weitergeben. Hört sich doch ganz gut an. Zumindest für eine Frau.« Er grinste sie unverschämt an und schlenderte langsam weiter, ihren verdutzten Blick auf seinem Rücken.

Er freute sich auf Maria.

144

Abgründe

Als van Busche am nächsten Morgen durch die Tür von Thomas Käppner, dem Polizeipsychologen, trat, war sie tatsächlich einigermaßen erholt. Nick war bei seinen Großeltern in Heikendorf und Johann noch in Polen, als sie nach Hause kam. Ein kurzes Abendbrot, die Nachrichten, dazu ein Hoegarden und dann ins Bett. Zum Glück hatte sie nahezu traumlos geschlafen und so hatte sie genug Energie getankt, um wieder auf Verbrecherjagd zu gehen.

Käppner war gerade 50 geworden, was er mit einer großen Feier für die Kollegen in der Kantine zelebriert hatte und genoss einen hervorragenden Ruf. Er sah nicht aus wie ein typischer Psychologe, er sprach und handelte nicht so und war im Allgemeinen bei allen als Kumpel beliebt. Wer aber mit ihm zu tun gehabt hatte, der wusste, dass sich hinter der lockeren Fassade ein absoluter Profi verbarg, der sogar eine Fortbildung beim FBI hinter sich hatte, in dessen Genuss nur wenige europäische Psychologen kamen.

Wie immer hatte er ein kariertes Hemd an, die Ärmel hochgekrempelt, dazu Jeans und Seglerschuhe, das silberne Haar kurz frisiert. Käppner blickte van Busche über seine Lesebrille an, streckte ihr die Hand quer über den Schreibtisch entgegen und strahlte sie an, als hätte er gerade sechs Richtige im Lotto überreicht bekommen.

»Hallo Kathrin, ich habe mich schon gefragt, wann du hier erscheinst.«

»Hi Thomas. Ich wollte tatsächlich schon früher kommen, aber wir ersticken in Arbeit und haben erst seit heute die notwendige Verstärkung erhalten. Für unser Gespräch brauche ich ein bisschen Ruhe. Vielen Dank, dass du dir am Samstag für uns Zeit nimmst.«

Käppner, der selbst Kommissar war und erst später ein Psychologiestudium drangehängt hatte, kannte sich daher in der praktischen Täterverfolgung aus. Das war auch ein Grund, warum er so beliebt war. Mit Lorentzen und Meyer hatte er früher sogar zusammengearbeitet, bevor er zum Fallanalytiker für das Landeskriminalamt wurde. Da die Kieler Polizei keinen eigenen Analytiker hatte, war Käppner ihr Ansprechpartner und alle waren froh darüber.

»Ich hoffe, Wilhelm hat dir gestern noch alles Wichtige gemailt, so dass ich mir die Einführung sparen kann. Was hältst du von dem Fall?«

»Ja, das hat geklappt. Ich habe alles gelesen. Aus psychologischer Sicht sehr interessant, für euch und die Familien ein Alptraum. Ich bin sicher, es ist kein typischer Sexualverbrecher. Da gibt es keinen einvernehmlichen Sex. Bei aller Tragik fehlt auch die Grausamkeit. Die Morde waren still und leise. Sexualverbrecher sind meist selbst missbraucht worden, sie geben Erlebtes weiter. Häufig ist auch die Suche nach Aufmerksamkeit dabei. Es gibt bestimmte Zeiträume. Hier haben wir zwei Morde in kurzer Zeit. Das ist völlig unüblich. Dann hätte der Täter schon früher in Erscheinung treten müssen.«

Käppner lehnte sich zurück, schob die Lesebrille auf die Stirn und blickte van Busche nachdenklich an.

»Das hier ist viel schlimmer. Es gab eine Beziehung zwischen Täter und Opfer. Eine Zeitlang lief alles gut, dann fühlte sich der Täter verletzt und reagierte. Aus seiner Sicht ist der Mord völlig logisch und ihm blieb keine andere Wahl. Mich wundert, dass das dritte Mädchen noch nicht entdeckt wurde. Ihm ist es egal, ob die Leichen gefunden werden. Er fühlt sich sicher, er hat sie wie Müll entsorgt, verzeih mir den Euphemismus. Aber aus seiner Sicht passt es. Die Leute werfen ihren Müll in den Kanal, in alte Kiesgruben, stellen ihn auf Parkplätzen ab. Ihn quält kein schlechtes Gewissen. Ihm fehlen moralische Bedenken. Wahrscheinlich wuchs er ohne Vater auf, nur von Frauen umgeben. Mutter, Kindergarten, Grundschule, nur Frauen, das ist nicht nur in Deutschland ein großes Problem. Früher initiierten die Väter ihre Söhne, nahmen sie erstmals mit zur Jagd, schenkten ihnen den ersten Speer, machten sie zum Mann. All das fehlt heute ohne böse Absicht. Aber Frauen haben in der Evolution eine andere Rolle, sie trösten, sie helfen, sie sind immer da. Die Grenzen setzte früher der Vater.«

Käppner hatte sich nahezu in Rage geredet und van Busche hing an seinen Lippen. Er hatte Recht. Das Problem war bekannt, aber natürlich wollte es niemand aussprechen, da es politisch völlig unkorrekt war, zu behaupten, Frauen und Männer seien in ihren Rollen nicht gleich. Sie blickte zum Psychologen und bat ihn fortzufahren.

»Die Mädchen wachsen auch bei ihren Müttern auf. Sie suchen unbewusst einen Vaterersatz, nicht so wie Jungs. Hier geht es nicht um Grenzen, es geht um väterliche Liebe. Jeder gute Vater kennt das besondere Verhältnis zu seiner Tochter. Die 25-jährige Studentin, die sich beim Elternbesuch auf den Schoß des Vaters setzt. Da ist nichts Sexuelles, das ist Vater-Tochter-Liebe. Ihr sucht einen älteren Mann, ich würde sagen mindestens 35, eher 40, zu dem die Mädchen aufschauen können. Gebildet, wahrscheinlich studiert, sonst hätte er die angehenden Abiturientinnen nicht begeistern können. Du wirst mich nach einem Lehrer fragen. Möglich, aber schwierig. Schule ist ein so öffentlicher Raum. Es kann genauso gut ein Trainer, ein Nachbar oder eine ältere männliche Bezugsperson sein. Da ihr so wenige Hinweise habt, tippe ich auf einen dem Umfeld Unbekannten, den die drei irgendwo kennen gelernt haben. Sorry, aber ich habe ja gesagt, dass es schlimm ist. Ihr sucht die Nadel im Heuhaufen. Die Frage ist, wie gut waren die drei im Verstecken ihrer Geheimnisse.«

Van Busche schluckte. Lehrer, Trainer oder ein Unbekannter. Soweit waren sie gestern auch schon. Sie konnte nur hoffen, dass die Hinweise aus der Bevölkerung den Unbekannten bekannter machten.

»Es ist nie einfach, oder?«, fragte sie den Psychologen.

Käppner guckte kurz aus dem Fenster, bevor er sich wieder van Busche zuwandte.

»Beim typischen Sexualverbrecher schon. Wir weigern uns nur häufig, genau hinzusehen. In diesem Fall ist es schwieriger. Er könnte jahrelang aufhören, wegziehen. Er ist finanziell wahrscheinlich unabhängig, beziehungsweise bringt sein Intellekt genug Alternativen mit. Ihr müsst schnell sein. Das dritte Mädchen muss etwas anders sein als die anderen beiden. Sonst hättet ihr sie schon gefunden. Es könnte sein, dass sie seine Favoritin war und deswegen zögert er noch. Er hält sie versteckt, aber nicht bei sich, sondern weiter weg. Sein Zwiespalt ist groß, deswegen braucht er Abstand. Da ihr das eine Mädchen bei Plön gefunden habt, würde ich auf Hinweise aus dieser Richtung achten.«

Käppner legte seine Brille auf den Schreibtisch, ein Zeichen dafür, dass er fertig war.

»Tramm schließt du also aus?«, fragte van Busche trotzdem noch nach.

»Tramm ist ein Tier, nur von niederen Instinkten geleitet. Ich wette, er hatte noch nie einvernehmlichen Sex. An dem verschwendet ihr eure Zeit.«

»Danke. Du hast mir sehr geholfen, einfacher hast du es mir aber nicht gemacht.« Die Kommissarin stand auf und verabschiedete sich freundlich, bevor sie die Räumlichkeiten am Mühlenweg verließ.

Gromow und van Busche gehen aufs Ganze

Kiel-Wellsee, 14. Juni ebenfalls am Morgen

Veronica Grimms neuer brauner Mini Cooper stand an dem Morgen um neun Uhr nicht vor dem langgestreckten Gebäude mit dem roten Dach. Nur der dunkle Audi A6 ihres Ehemanns befand sich in dem großen Carport. Musste er nicht heute auch zum Tag der offenen Tür in die Schule? Alexei Gromow bummelte zunächst zurück in Richtung Avantage Sporthotel, wo er erneut seinen Mazda auf dem Parkstreifen in der Braunstraße geparkt hatte. Er wollte nicht unnötig auffallen und dachte kurz an den gestrigen Abend mit Maria. Sie hatte heute noch am Samstag ein Sozialpsychologie-Seminar zum Thema *„Ku-Klux-Klan: Auswirkungen von Vermummung auf die Gewaltbereitschaft"* und dann schon um 12 Uhr Schluss. Doch zum einen war es viel zu früh für Whiskey, zum anderen dachte er auch permanent an das dritte Mädchen, Lotta Abendrot. Die Zeit rannte ihnen davon. Beim Schlendern fiel ihm erneut ein älterer Mann mit Glatze im Nachbarhaus der Grimms auf, der schon wieder aus dem oberen Fenster auf die Straße schaute. Gromow überlegte kurz. Dann klingelte er spontan. Es dauerte einige Minuten, bis die Tür einen kleinen Spalt aufging, eine Sicherheitskette davor. »Was wollen Sie?«, fragte eine unfreundliche, raue Stimme, ohne dass Gromow die Person durch den winzigen Türspalt hätte sehen können. »Hartmann, Polizei«, antwortete der Privatdetektiv.

»Vor ein paar Tagen wurde hier ein großer Schäferhund direkt vor Ihrer Tür totgefahren.«

Gromow zeigte einen gefälschten Polizeiausweis durch den Spalt.

»Oh, entschuldigen Sie vielmals«, sagte der Rentner nun sichtlich verlegen. »Man weiß ja nie, wer plötzlich vor der Tür steht.«

Die Haustür ging kurz ganz zu, dann öffnete der ältere Mann noch im blauen Bademantel bekleidet die Tür.

»Genau am 5. Juni wurde hier in der Straße der Schäferhund überfahren. Dazu hätten wir ein paar Fragen. Vielleicht ist Ihnen da etwas aufgefallen?«

»Was, das habe ich ja gar nicht mitbekommen«, antwortete der große ältere Herr skeptisch. »Wirklich?«

»Ja, uns liegt eine Strafanzeige vor«, log Gromow dreist und steckte seinen gefälschten Polizeiausweis zurück in sein Portemonnaie.

»Sie wissen sicherlich, dass man bei kleineren Tieren wie Katzen, Tauben oder Enten gar nicht stark abbremsen darf, aber bei einem großen Hund ist das anders. Alles geregelt in § 4 Abs. 1 Satz 2 StVO.«

Der Rentner stellte sich als Hannes Heinrich Hannemann vor und wollte gerne helfen.

»Solche Typen, die arme Tiere umnieten, die brauchen mal voll einen Schuss vor den Bug, aber dass ich das gar nicht gesehen habe. Muss wohl während des Mittagessens gewesen sein.«

Hannemann hatte selbst eine Katze und wählte bereits seit Jahren die Tierschutzpartei, da die ganzen anderen Parteien ja doch nur vor sich hin mauscheln würden.

»Hier rasen die eh immer viel zu schnell durch die Straße. Und das man Katzen überfahren darf, ist auch eine Frechheit«, empörte sich der Rentner nun lautstark. »Ich war früher bei der Marine hier in Kiel. Einsatzflottilie 1. Wir hätten sowas damals anders geregelt!«

Gromow dachte, dass er hier ganz offensichtlich nicht weiter kam und wollte langsam den Rückzug antreten. Die Idee mit dem Todestag von Svenja Timmermann war zwar nicht schlecht, aber nun würde er eine Debatte über Tierschutz am Hals haben. Hannemann, der nicht mehr gut zu Fuß war und sein linkes Bein nachzog, holte dann jedoch ein großes braunes Buch hervor.

»Ich kann nicht mehr so wie früher«, legte der große Rentner mit Glatze und klarem Blick los, »deswegen sitze ich sehr viel hier in meinem Haus und schaue zum Fenster heraus. Zum Glück habe ich das Endhaus zur Straße in dieser Reihe. Hinten müsste ich immer auf die Trennwand zu den Nachbarn gucken.«

Hannemann erklärte, dass er sich täglich Notizen mache, damit er auch geistig fit bleiben würde. Am 5. Juni habe er sich auch ein paar Einträge gemacht, auch zu zwei Autos. Ihm sei aber kein Schaden an einem Pkw aufgefallen. Gromow wollte los, fragte jedoch noch, ob er das Buch mitnehmen könne. Hannemann verneinte die Frage entschieden, da er es ja täglich brauchen würde. Doch dann riss der

Rentner schlicht und einfach zwei Seiten aus dem Buch heraus und gab sie dem falschen Polizisten.

»Vielleicht hilft es ja, dass Sie den Hundemörder schnappen. Machen Sie mit ihm kurzen Prozess!«

Gromow war froh, als er wieder draußen an der Straße war. Manchmal hatten ihn solch spontane Aktionen weitergebracht. Aber von zehn Versuchen war meist nur ein Treffer dabei. Die anderen neun brauchte man aber, um zum zehnten zu gelangen. Der Rentner Hannemann war ganz offensichtlich ein Schuss in den Ofen. Der Detektiv ging zum Haus der Grimms. Der Audi A 6 war weg.

Alexei Gromow rauschten Bilder des Falls durch den Kopf. Die tote Svenja. Seine verzweifelte Auftraggeberin, die plötzlich zur schwarzen Witwe mutierte. Dann die tote Gina, die wie Müll ins Kieswerk geworfen wurde. Und nun war offensichtlich Lotta dran, wieder eine junge Schülerin. Der Privatdetektiv faltete die Zettel des Rentners zusammen und steckte sie in seine Lederjacke. Er hatte es sich zwar nicht fest vorgenommen, aber nun wusste er, dass er dort hinein musste. Gromow stand vor der Haustür der Grimms. Er hatte während seiner Zeit bei der Hamburger Polizei einige Methoden zur Öffnung einer Haustür kennen gelernt. Doch hier war es komplizierter: Schließbolzen plus Sicherheitsschloss. Gromow probierte es erst gar nicht an der Haustür, sondern ging wieder am Carport vorbei zurück zur Straße und sah, dass links der Hausreihe ein kleiner Fußweg war. Schnell schritt er hinein, blickte sich kurz um und sprang dann über die Holzwand, die als Sicht-schutz für den kleinen Garten des Reihenmittelhauses diente. So machten es auch die Profi-Einbrecher: Über die Hälfte kamen durch die Terrassen- oder Balkontür rein, nur etwas mehr als zehn Prozent über die Haustür. Der Garten war ziemlich klein, wie bei Reihenhäusern so üblich. Vor dem Haus ein paar Meter und dahinter ebenfalls eine klei-ne Parzelle. Auf der Terrasse stand ein blau-weißer Strand-korb und erklärte die Bräune von Veronica Grimm. Ein Blick durch das Fenster zeigte eine noble Ausstattung und der Detektiv fragte sich, was so ein Monster-Flatscreen wohl kosten mochte. »Naja, double income, no kids«. Gromow zögerte nicht lange und durchschlug mit seinem rechten Ellenbogen mit Lederjacke knallhart das Glas der Terras-sentür. Die Jacke riss auf, Gromow blutete am Arm. Es war nur ein kleines Loch erkennbar, Gromow trat mit voller Wucht mit seinem rechten Fuß gegen die leicht zertrüm-merte Scheibe. Sie zerbarst nun vollkommen und der Pri-vatdetektiv konnte die Tür endlich von innen öffnen. Wahr-scheinlich hatte er nicht viel Zeit, da er den Lärm nicht hat-te vermeiden können. Ihm fehlten Zeit und Werkzeug. Der senile Alte hatte bestimmt schon den Hörer in der Hand.

Sein rechter Arm schmerzte zwar nur leicht, aber die Blutung war stark und tropfte auf das schöne Kirsch-parkett im Wohnzimmer. »Fuck, scheiß Lederjacke«, fluch-te Gromow über die billige Ware vom Polenmarkt aus Stet-tin. Dann wischte er sein Blut bestmöglich mit einer dunk-len Wolldecke auf, die auf einem weißen Ledersofa lag. Er wickelte seinen Arm in die Decke und ging hinauf in den ersten Stock. Ein großes, luxuriöses Bad, ein Arbeitszimmer sowie zwei Schlafzimmer. Eins in altrosa, eins in dunkelgrün, jeweils dreiviertel hoch gestrichen mit weißer Decke. Gromow holte sein Handy heraus und fotografierte alle Räume. Im altrosa gestrichenen Schlafzimmer hingen drei sinnlich inszenierte Nacktfotos der Dame des Hauses. Gar nicht mal so übel, dachte Gromow. Dazu hingen im Flur einige Bilder des anscheinend glücklichen Paares. Im Schlafzimmer des Konrektors Dr. Steffen Grimm erinnerte sich Gromow an etwas, er wusste jedoch nicht mehr woran. Auch hier machte er Fotos. Das ganze Haus war sehr sauber, fast schon klinisch, alles lag akkurat an seinem Platz. Im Bad holte sich der Privatdetektiv instinktiv Haare aus einer schönen Bürste aus Rosenholz sowie aus einem schlichten schwarzen Kamm. Dann ging Gromow in das Arbeitszimmer des Lehrers und widmete sich dem Notebook. Er fuhr den *Dell Inspiron* hoch und suchte derweil nach einem möglichen Passwort. Die meisten hatten ihr Passwort irgendwo neben dem Rechner aufgeschrieben oder sogar mit Tesa direkt am Notebook festgemacht. Gromow durchsuchte auch die Schublade des Schreibtisches, doch er fand nichts. Das Notebook war natürlich Passwort gesichert. Sein Blut sickerte langsam aber sicher durch die Decke und ein erster Tropfen fiel auf den massiven Holzschreibtisch. Gromow probierte *Veronica und Veronica123,* doch beide Codewörter waren falsch. In der Kürze der Zeit könnte er das Laptop nicht knacken, da würde er bestimmt mehrere Algorithmen drüber laufen lassen müssen. »Ich bin ja eh schon eingebrochen, da kann ich es jetzt auch einfach zur Überprüfung beschlagnahmen«, dachte der Privatdetektiv. Diesen Teil seines neuen Berufes liebte er. Als Polizist musste er sich immer an die Vorschriften halten, da sonst irgendwelche findigen Anwälte die Beweise vor Gericht in der Luft zerrissen. Gromow schnappte sich das Laptop, wischte den einen Bluttropfen so gut wie möglich vom Schreibtisch und verschwand genau auf dem Weg, den er gekommen war.

Kommissarin Kathrin van Busche saß im Zimmer ihres Chefs Horst Lorentzen und war ratlos und niedergeschlagen. Sie mussten Lotta Abendrot schnellstmöglich retten. Sie mussten Lotta unbedingt finden. Aber wie? Lorentzen hatte eine Methode, indem er alle möglichen Verdächtigen auf einem schlichten weißen Zettel möglichst mit Angabe aller möglichen Motive und Verdachtsmomente notierte und mit Fotos visualisierte und dann an seine große Pinnwand heftete. Danach reduzierte er die Verdächtigen, indem er alle Beweise so gut wie möglich versuchte zu widerlegen. Am Ende blieben nur wenige übrig, auf die konzentrierte er sich. Diese Methode kostete viel Zeit und war mit enormer Detailarbeit verbunden und Zeit hatten sie nicht. Da war sich van Busche sicher. Außerdem war Lorentzen in Südfrankreich. Plötzlich klopfte es. Sven-Uwe Wilhelm trat hinein, ungewohnt schick mit Jackett, weißem Hemd und langen, offenen Haaren.

»Ich muss heute erst gegen 11 Uhr in der Schule sein, Tag der offenen Tür. Das machen die immer zum Schuljahresende, um sich zu präsentieren«, erklärte der Kriminalkommissar fast entschuldigend.

»Und da wollte ich die Zeit nutzen, um Dir die Geschichten von der kleinen Walther zu erzählen, Sandra Walther.« Wilhelm meinte, dass er einen sehr guten Draht zu ihr habe und sie bei gleich zwei Lehrkräften ein ungutes Gefühl hätte.

»Die Mädels waren alle gut in der Schule, aber von zwei Lehrern wurden sie wohl klar bevorteilt, nämlich vom Klassenlehrer Paul Michelsen und von Dr. Steffen Grimm, dem Konrektor. Sie hätten alle drei eine Eins in den Fächern der beiden Lehrer gehabt und das sei wohl für viele nicht nachvollziehbar gewesen. Zwei oder Zwei minus, okay, aber niemals eine glatte Eins. Sandra hätte auch das Gefühl gehabt, dass da zwischenmenschlich etwas gelaufen sei, ohne aber konkrete Hinweise zu haben. Sie wollte nicht gleich damit rausrücken, um nicht als eifersüchtige Mitschülerin dazustehen, hat sich dann aber doch entschieden, mir ihr Gefühl mitzuteilen. Sie hat mir abends noch per WhatsApp geschrieben. Die Nummer hat ihr Vater ihr gegeben.«

Van Busche notierte sich die beiden Namen und bedankte sich bei Wilhelm, der sich verabschiedete und dann wieder zum alten Gymnasium im Norden Kiels fuhr.

Kathrin van Busche war wieder allein. Sie starrte auf die beiden Namen auf ihrem Zettel. Paul Michelsen und Steffen Grimm. Ein Gefühl von einer Schülerin, mehr nicht.

Grimm war jedoch auch hastig von München nach Kiel gezogen. Plötzlich kam ihr ein Gedanke. Sie beschloss, unkonventionell zu sein. Momentan kamen sie eh nicht weiter. Kurz vor der Geburt von Nick war sie längere Zeit in Mainz gewesen, in Johanns kleiner Wohnung am Frauenlobplatz. Sie waren sich damals sehr unsicher gewesen, ob sie in Mainz leben sollten oder doch in Kiel. Johann hatte eine Stelle als fester Sportredakteur bei der *Mainzer Allgemeinen Zeitung*. Sie bei der Kripo in Kiel. Oder ob sie sogar räumlich getrennt bleiben sollten? Trotz Kind? Durch einen Zufall war Johann an einen hervorragenden Arzt in Mainz geraten, der zwar Schulmediziner war, sich aber zwischenzeitlich auf C4-Homöopathie spezialisiert hatte. Dr. med. Georg von Pilgrim. Als Kathrin damals mit der Straßenbahn 51 zu ihm in seine Privatpraxis nach Gonsenheim gefahren war, hatte Johann sie noch vor seinen teils ungewöhnlichen Methoden gewarnt. Kurz danach hatte sie zunächst zwei homöopathische Mittel zur Beruhigung und zur Stabilität erhalten, Chamomilla C40 und Nux vomica C40. Doch was dann kam, war schon erstaunlich. Der Mediziner bat Kathrin van Busche schlicht, alle möglichen Kombinationen auf kleine weiße Zettel aufzuschreiben. Selbst Trennung von Johann stand dann auf einem Zettel, obwohl sie das niemals gewollt hätte. Insgesamt waren es so vier Möglichkeiten geworden, die dann unkenntlich zusammen gefaltet worden sind. Dr. von Pilgrim sagte, dass er schauen würde, was für das ungeborene Kind am besten sei, das wäre ohnehin am wichtigsten. Dann nahm van Busche jeweils die Zettel in ihre rechte Hand und der Mediziner nahm sein Pendel und pendelte die Möglichkeiten aus. Zu ihrer eigenen großen Überraschung spürte sie genau das Gleiche wie Dr. Georg von Pilgrim. Bei einem Zettel spürte sie sofort, dass diese Möglichkeit gänzlich falsch war, nämlich die Trennung von Johann, wie sich später herausstellte. Zwei Zettel waren einfach irgendwie neutral (nach Mainz ziehen und getrennt lebend bleiben) und bei einem hatte es gekribbelt. Der Zettel wurde richtig warm. Das war »alle Mann nach Kiel«!

Van Busche zögerte nicht lange und nahm sich von dem Mini-Notizblock ihres Chefs gleich einen Batzen Zettel. Sie ging genauso vor wie Pilgrim. Als ersten schrieb sie Tramm auf, dann Michelsen und Grimm. Auch der Volleyballtrainer Fugagev erhielt einen Zettel. Zudem schrieb sie auf je einen Zettel Familienmitglied Svenja, Gina und Lotta. Sehr häufig war der Täter in der Familie zu suchen. Der Sport- und Musiklehrer Polakowski wurde Zettel Nummer acht. Möglichkeit Nummer neun, zehn und elf wurden Freunde und Bekannte der Mädchen. Nummer zwölf war der von Gromow ins Spiel gebrachte Zufallsmörder. Aber das war vermutlich Unsinn. Fehlte noch einer? Rex, der Schulleiter! Van Busche wollte auf Nummer sicher gehen, obwohl sie den Schulleiter zwar als bornierten Vollidioten einschätzte, nicht jedoch als Täter. Also waren es insgesamt dreizehn Zettel. In aller Ruhe faltete die Kommissarin alle Zettel klein und mischte sie kräftig durch. Dann nahm sie jeden einzelnen Zettel in ihre rechte Hand zwischen

Zeigefinger und Daumen und dachte fest an die drei Mädchen.

Von den dreizehn Zetteln spürte die leitende Hauptkommissarin bei zehn gar nichts. Zwischendurch guckte sie immer wieder zu Tür, da sie bei diesem Zwischenspiel nicht erwischt werden wollte. Bei zwei zeigten sich starke, sogar sehr starke Regungen und bei einem war es ganz merkwürdig. Weder Fisch noch Fleisch. Van Busche öffnete zunächst den komischen Zettel. Rex. Der Schuldirektor. Komisch, was sollte das denn bitte schön bedeuten? Van Busche öffnete nun den mit Abstand für sie verdächtigsten Zettel. Tramm! Danach öffnete sie den fast ebenso stark verdächtigen Zettel. Grimm! Die Kommissarin überlegte kurz und kam zu dem Schluss, dass sie nur der Mörder selbst zu Lotta führen könnte. Dann ging es ganz fix. Tramm wurde ohnehin überwacht, also musste sie sich an Grimms Fersen heften – und zwar sofort.

Van Busche rief Wilhelm an und fragte, ob Dr. Steffen Grimm derzeit an der Schule war. Wilhelm war gerade erst am Gymnasium angekommen und parkte seinen hellblauen alten Golf auf dem Lehrerparkplatz. Er sagte, dass er sich schnell beim Sekretariat erkundigen würde. Drei Minuten später rief Wilhelm zurück und verneinte die Frage. Grimm sei nicht da und er müsse aufgrund seiner Tätigkeit als Konrektor nur eine reduzierte Anzahl an Unterrichtsstunden erteilen. Die Kommissarin bedankte sich und ging zügig die Treppe in der Bezirkskriminalinspektion hinunter zu ihrem VW Käfer Cabrio. Mit dem 50-PS-Motor kam sie für einen so kleinen Wagen recht flott voran und brauste mit Tempo 80 über den Knooper Weg. Den *Exer* ließ sie links liegen, weiter bis zur Kreuzung am Westring, dann über den Theodor-Heuss-Ring auf die B404, bis sie schließlich in Kiel-Wellsee ankam. Sie bog direkt beim neuen Druckzentrum der Kieler Nachrichten ab und kam schließlich in die Braunstraße. Stand da vor dem Avantage Sporthotel nicht Gromows neuer Wagen? Kleines Mazda Cabrio mit Pinneberger Kennzeichen? Komisch, dachte die Kommissarin, als sie just in diesem Moment Steffen Grimm vor seinem Haus sah. Er stieg in seinen Audi A6 und fuhr davon, van Busche nahm die Verfolgung auf. Grimm fuhr jedoch gar nicht Richtung Kiel zum Gymnasium, sondern auf die B 76 nach Preetz. Van Busche wollte während der Fahrt Gromow anrufen und suchte auf dem Beifahrersitz neben ihrer Dienstwaffe, einer Walther P99 mit 16 Schuss und 9mm, ihr Handy. Mist, das Smartphone war aus, Akku alle. Diese neuen Telefone hatten ja jede Menge Vorteile, aber die Akkulaufzeit gehörte definitiv nicht dazu. Die Dinger mussten echt jeden Tag aufgeladen werden. Wieso konnte niemand dieses Problem lösen? Grimm fuhr weiter auf der B 76 an Preetz vorbei, dann weiter mit normaler Geschwindigkeit von etwa 110 km/h Richtung Plön. In der Kreisstadt mit dem prächtigen weißen Schloss fuhr der Konrektor rechts ab in Richtung Ascheberg und parkte kurz nach dem Ortsende hinter einem Bahnübergang auf einem großen Parkplatz. Van Busche wollte nicht auffallen, fuhr noch ein Stück weiter und wendete dann beim 5-Sterne-Campingplatz Spitzenort.

Sie parkte ihr Käfer Cabrio ebenfalls auf dem Parkplatz der Prinzeninsel direkt vor dem Bahnübergang und vielleicht hundert Meter von ein paar Schrebergärten entfernt. In letzter Sekunde sah sie Grimm noch durch einen schmalen Eingang zwischen einer großen Hecke verschwinden. Die Kommissarin schnappte sich ihre Walther P99 und lief dem Lehrer hinterher. Dann sah sie die Hütte im hinteren Teil des Gartens, mit einem kleinen Bootssteg, gut verborgen unter Bäumen. Es gab nur zwei Nachbarhütten. Grimms Hütte war hellbraun, hatte ein kleines Vordach, Dachpappe und ein Fenster vorne, allerdings zugenagelt. Van Busche war sich nun sicher, dort ist Lotta, sie spürte es einfach, fragte sich aber, wieso die Hütte in den Ermittlungen nicht aufgetaucht war. Sie hatte das Überraschungsmoment auf ihrer Seite. Das Schwein war jetzt dran! Van Busche nahm ihre Walther P 99 fest in beide Hände, ging auf den Steinplatten durch den vorderen Teil des Gartens. Dann stand sie direkt vor der Tür, den Lauf der Waffe Richtung Boden gerichtet. Damit man wenigstens in die Beine trifft und nicht wie in schlechten TV-Krimis die Waffe in Richtung Himmel hält und dann in die Decke schießt. Ein massiver Tritt, die Tür flog auf. Ein Schrei, »Auf den Boden, Polizei, Hände auf den Kopf!« Dr. Steffen Grimm stand neben der auf einem Stuhl gefesselten nackten Lotta und hatte sich gerade eine Zigarette angesteckt, das Feuerzeug noch in der linken Hand. Seine

Augen waren so unfassbar groß vor Schreck. Er sah in den Lauf der P99 und in van Busches entschlossene Augen und legte sich sofort auf den dreckigen Boden. Die Kommissarin schmiss sich mit voller Wucht auf den Rücken des Konrektors, hebelte ihm brutal seinen rechten Arm nach hinten und holte ihre Handschellen heraus. Innen war die Hütte verwahrlost, Bett, Tisch, Stuhl. Lotta sah die Kommissarin mit entsetzten Augen an. Sie war geknebelt und gab undeutliche Geräusche von sich.

»Was sollte der Blick denn bitte jetzt?«, fragte sich van Busche und schloss die Handschellen.

»Empfängt man so etwa seinen Retter?«

Van Busche spürte plötzlich etwas Feuchtes auf ihrem Gesicht, einen Lappen, ein drängelnder Geruch…

Die Hütte am See

»Verdammte Scheiße, wo ist Kathrin?«

Wilhelms Stimme verriet leichte Panik und sein langes Haar wirbelte unkontrolliert in seinem Gesicht herum.

»Wieso meldet sie sich nicht?", unterstützte ihn Scholz und guckte fragend in die Runde. »Ich hoffe, sie hat nichts mit dem Verschwinden von Grimm zu tun.«

In dem Besprechungszimmer herrschte eine angespannte Stimmung. Sie waren seit einer halben Stunde wieder zurück. Zurück von einer missglückten Verhaftung. Walther hatte ihnen tatsächlich die nötigen Papiere unterschrieben, obwohl sie ihm natürlich nichts von Gromows Einbruch bei Grimm erzählen konnten. Wilhelm hatte die Hinweise der Schülerinnen etwas dramatisiert und als er Sandra erwähnt hatte, beugte sich der eigenwillige Staatsanwalt und veranlasste alles Nötige. Das Problem war nur, dass sie niemanden angetroffen hatten. Grimm war an dem Tag überhaupt nicht an der Schule erschienen und war seitdem verschollen. Sie hatten die aufgebrochene Hintertür benutzt und Hinrichs untersuchte seitdem die Räumlichkeiten. Allerdings war das Haus nahezu klinisch sauber, als hätte Spiegelblank ein Wochenendseminar mit 50 Auszubildenden abgehalten. Zum Glück war sich Hinrichs sicher, dass die Fotos von Svenja auf dem Doppelbett in Grimms dunkelgrünem Zimmer aufgenommen worden waren, so wie Gromow am Telefon behauptet hatte. Sonst stünden sie jetzt mit leeren Händen da. Sie hatten Grimms Audi A6 zur Fahndung ausgeschrieben und telefonierten sich die Finger wund, fanden jedoch keine Spur.

Und nun war auch noch van Busche seit Mittag nicht mehr gesehen worden. Ihr Handy war aus und sie hatte sich bei niemandem gemeldet. Wilhelm hatte ihr in der »Blume« von den Hinweisen aus der Schule erzählt und danach war sie verschwunden. So etwas hatten sie bei ihr noch nie erlebt und dementsprechend wuchs ihre Sorge. »Hoffentlich hat sie nicht zu viele skandinavische Krimis gelesen und sich für die Ich-mache-alles-alleine-und-begebe-mich-unnötig-in-Gefahr-Nummer von Wallander, Winter und Co entschieden«, grummelte Meyer in den Raum, »das nervt mich jedes Mal, wenn ich diese Romane lese.«

Alexei Gromow saß in einer Ecke, kühlte seinen Ellenbogen und beteiligte sich scheinbar nicht an der Suche nach Grimm und van Busche. Er blätterte in den Akten und war gerade in das Gesprächsprotokoll mit dem Polizeipsychologen Käppner vertieft, was van Busche wohl noch kurz zuvor handschriftlich verfasst hatte. Irgendetwas störte ihn, aber er bekam es nicht richtig zu fassen. Im Hintergrund diskutierte die Mordkommission unterschiedliche Ansätze, was zu tun sei. Meyer wollte unbedingt Lorentzen anrufen und ihn zurückholen. »Der muss halt mal sein Weinschloss in Frankreich verlassen, das ist ja jetzt wohl viel wichtiger«, erregte er sich gerade, als Gromow ein Kribbeln auf der Kopfhaut verspürte.

»Sagt mal bitte, weiß einer von euch, wie das Plöner Schloss aussieht?«, fragte er aus seiner Ecke heraus und blickte auf.

»Klar, groß, weiß, wie neu, zwei kleine Türme, gerade renoviert, thront über der Stadt mit viel Grün drum herum, warum?«, entgegnete Piepenbring, eine der zusätzlichen Kräfte, »kennt doch jeder, jetzt wo es Fielmann gehört.«

»Kann ich mal kurz an den PC?«, wollte Gromow wissen, ohne auf die Frage einzugehen.

Wilhelm rückte ein Stück zur Seite und nickte in Richtung Bildschirm.

Gromow trat heran und öffnete den Browser. Schnell tippte er www.google.de ein und dann Plöner Schloss.

72.000 Ergebnisse. Er wechselte zu Bilder und fühlte sich bestätigt. Dann zu Maps und Earth. Seine rechte Hand bewegte die Maus hin und her und es wurde zunehmend stiller im Raum. Alles blickte zum Detektiv, der konzentriert den Bildausschnitt betrachtete.

Schließlich löste er den Blick vom Bildschirm.

»Käppner hat zu Kathrin gesagt, sie solle nach Hinweisen aus der Gegend von Plön Ausschau halten. Habt ihr Grimm überprüft, ob es da Verbindungen gibt?«

»Ja, haben wir tatsächlich, da war aber nichts«, entgegnete Meyer.

»Und seine Frau?«

Meyer blickte Wilhelm an, der mit den Schultern zuckte.

»Wohl nicht. Aber das ist doch auch sehr weit hergeholt oder nicht?«, fragte Wilhelm.

»Na ja, bei meinem Besuch in Grimms Haus ist mir ein Bild vom Plöner Schloss aufgefallen.« Gromow drehte den Bildschirm mehr in Richtung Raum. »Darunter hingen weitere Fotos von Grimm und seiner Frau. Auf einem war eine typische Schrebergartenhütte zu sehen. Vor Plön sind offensichtlich drei solche Siedlungen. Einmal hier und dann auch noch dort und dort.« Er zeigte mit dem Finger auf den Monitor und alle sahen auf dem Google Earth Bild die typischen kleinen Hütten aus der Satellitenperspektive, die sich an drei von den vier Ortseingängen Plöns an die Bundesstraße schmiegten.

»Wäre doch ein perfektes Versteck«, sprach Gromow in die nachdenkliche Stille.

Meyer nahm umgehend das Telefon in die Hand und rief Hinrichs an, der noch in Grimms Haus weilte und instruierte ihn und seine Assistentin, alles zu unterbrechen und nach Hinweisen auf eine Gartenhütte zu suchen.

Während sie weiter diskutierten und auf eine Rückmeldung von Hinrichs warteten, brachte Lorentzens Sekretärin Marianne Rönner belegte Brote, die sie selbst geschmiert hatte. »Ohne etwas zu essen, kann der Mensch nicht denken«, pflegte sie zu sagen und stellte auch frische Getränke dazu. Die Kaffeemaschine lief sowieso den ganzen Tag.

Ein Pling kündigte eine E-Mail an und Wilhelm beugte sich sofort über die Tastatur.

»Bingo! Das Bildungsministerium aus Bayern hat unsere Anfrage bearbeitet und bestätigt, dass Grimm versetzt werden sollte, da er ein Verhältnis mit einer Oberstufen-schülerin gehabt hatte. Allerdings war er dem zuvorge-kommen, indem er sich nach Schleswig-Holstein hatte ver-setzen lassen. Das ist definitiv unser Mann!« Er guckte tri-umphierend in die Runde.

»Tja, leider wissen wir nur nicht, wo er sich versteckt hält«, seufzte Meyer und hielt sich das schmerzende Kreuz. Scholz schien zu bersten vor Energie und schritt die ganze Zeit auf und ab. Gromow war wieder in seine Ecke ver-schwunden und grübelte über weitere Zusammenhänge.

Als das Telefon klingelte, schienen alle zu Salzsäulen er-starrt zu sein. Nur Scholz hechtete entgegen aller Hierar-chie zum Hörer und brüllte fast, »Habt ihr etwas gefun-den?«

Am anderen Ende war die piepsige Stimme des Forensikers zu vernehmen.

»Ja, allerdings. Als guter Lehrer und Beamter hat Grimm einen Ordner mit Kleingartenverein Plön e.V. beschriftet. Da war es nicht weiter schwierig. Seine Frau hat einen klei-nen Garten an der Bundesstraße zwischen Plön und Asche-berg. Ich schicke euch gleich zwei Fotos mit allen Informa-tionen.«

Scholz legte auf und fast zeitgleich ging eine E-Mail von Hinrichs Assistentin ein, die im Anhang mehrere Aufnah-men der Papiere aus dem Ordner hatte.

Wilhelm gab die Adresse sofort wieder bei Google Maps ein und rief, »Das passt perfekt. Die Parzelle liegt nicht direkt in der Siedlung, sondern mit zwei anderen kurz hinter einem Bahnübergang, ziemlich alleine. Wie gehen wir das an, Meyer?«

Der überlegt kurz, bevor er antwortete.

»Wir informieren auf keinen Fall die Plöner Polizei. Durch die ganzen dämlichen Strukturmaßnahmen sitzen dort am Samstagabend höchstens zwei Personen. Wer weiß, was die für eine Nummer abziehen. Das SEK fällt garantiert auch aus, da heute Holstein Kiel auf der Lohmühle gegen Lübeck im Landespokalfinale spielt. Da sind über 1000 Polizisten im Einsatz und unsere Sturmtruppe erst recht. Nein, das machen wir selbst. Wir sind zu siebt. Das Gelände ist gut zu sichern und hat auf der Rückseite auch noch den See. Auf den Plöner Seen ist Motorbootverbot, da kann er uns nicht entwischen.«

»Und wenn er uns bemerkt und sich verbarrikadiert?«, wollte Scholz wissen.

»Dann können wir immer noch Verstärkung rufen. Wir fahren sofort los und gucken uns alles in Ruhe an.« Meyer griff in seine Jackettasche und holte eine Tablettenpackung hervor. Er schmiss sich eine Ibo 800 in den Mund und spülte sie mit seinem Kaffee herunter.

»Kann losgehen!«

Wilhelm fuhr mit 150 Sachen über die Bundesstraße, das Blaulicht eingeschaltet. Sie wollten erst kurz vor der Hütte in den Schleichmodus schalten. Der VW Bus flog förmlich über die Straße und jedes andere Fahrzeug wurde gnadenlos überholt. Sie hatten ihre Ausrüstung in den Kofferraum geschmissen und aus dem Auto Staatsanwalt Walther informiert, der aber lieber am Schreibtisch bleiben wollte und nervös mit seinem Füller spielte.

Vor dem Koppelsberg schaltete Wilhelm Sirene und Blaulicht ab und verlangsamte die Fahrt. Sie hatten beschlossen, ca. 300 Meter vor der Hütte auf dem Parkplatz eines Campingplatzes zu parken, als sie bemerkten, wie voll dieser war. Kein Wunder, dachte Gromow, ist ja Hochsaison und auf dem Schild prangten fünf Sterne.

»Scheiße«, fluchte Wilhelm und wendete kurzerhand. »Wenn wir hier aussteigen, können wir gleich ein Schild *Polizeieinsatz* aufstellen.«

Er fuhr hundert Meter zurück und links zur Kreisfeuerwehrzentrale, die einen kleinen Parkplatz hinter dem Gebäude hatte. Zum Glück war hier nichts los und so atmeten sie erst einmal durch.

»Ich schlage vor, Piepenbring schlendert mal den Fußweg an der Bundestraße entlang und informiert uns dann per Telefon, wie die Lage ist. Gromow und Scholz hat Grimm schon gesehen. Da müssen wir vorsichtig sein. Wilhelm, du gehst rüber zum Kanuverleih, besorgst dir ein Boot und checkst die Rückseite. Aber fahr bloß nicht so dicht ran.«

Meyer war mittlerweile nicht mehr so sicher, dass die Lage der Hütte so klasse war. Hier war so viel Betrieb, dass es fast unmöglich war, keine Aufmerksamkeit zu erregen.

Piepenbring meldete sich und berichtete, dass er den Audi von Grimm tatsächlich auf einem Parkplatz kurz hinter dem Campingplatz entdeckt hatte, der zur Prinzeninsel gehörte und ungefähr hundert Meter vor der Hütte lag. Da dort noch viele andere Fahrzeuge standen, war er wohl niemandem aufgefallen. Bei dem Häuschen schien alles ruhig zu sein. Es war von der Straße schlecht einzusehen, da eine große Hecke davorstand und der Gemüsegarten ebenfalls im Vorfeld des Grundstücks war.

Kurz darauf rief Wilhelm an und schilderte die Lage von der Seeseite. Es lag kein Boot am Steg, bei den Nachbargrundstücken ebenfalls nicht. Er wollte im Sichtschatten einer anderen Hütte anlegen und von dort dichter an das Gelände ran.

Meyer schaute auf die Google Maps Ausdrucke und überschlug ihre Personenzahl und das Gelände. Piepenbring und Wilhelm hörten über ihre Telefone zu, als der alte Haudegen seine Überlegungen erläuterte.

»Wilhelm, du kommst kurz zurück und holst dir Gromow als Verstärkung, Piepenbring wartet auf Fiedler und dann geht ihr noch ein Stück weiter und versucht über die Wiese und das kleine Waldstück von der anderen Seite an das Grundstück heranzukommen. Passt auf, dass euch auch keine Touristen sehen können. Scholz und Jessen gehen zum Parkplatz vor den Bahnschienen und beobachten den Ausgang. Ich bleibe hier, koordiniere alles und rufe gegebenenfalls Verstärkung. Mit meinem Rücken wäre ich da draußen eh keine echte Hilfe. Sobald ihr unbeobachtet seid, nehmt ihr die Funkgeräte mit den Ohrenstöpseln, damit ihr die Hände für die Waffe frei habt. Kein unnötiges Risiko. Wenn wir die Lage nicht einschätzen können, warten wir, bis das Fußballspiel zu Ende ist und rufen dann das SEK. Verstanden?«

Gromow glitt aus dem Boot, als Wilhelm es im Schatten des Hauses dem kleinen, schiefen Steg näherte. In seiner rechten Hand hielt er die Makarow PMM, mit der linken zog er das Kanu mit dem Bug lautlos an Land. Wilhelm folgte ihm ebenso lautlos, wobei er seine Walther P99 aus dem Hosenbund fischte. Sie hatten auf Holster und Westen verzichtet, um nicht erkannt zu werden. Zudem gingen sie nicht davon aus, dass Grimm eine Schusswaffe bei sich trug, da er keinen Waffenschein besaß. Es war zwar Juni, aber empfindlich kühl, so dass Gromow fröstelte, als er sich langsam der Hecke hinter dem Holz-Häuschen näherte, welche die Grundstücksgrenze markierte. Sein Ellenbogen pochte immer noch ein wenig, die Blutung hatte ihm Scholz aber im Revier fachmännisch verbunden. Er atmete leise ein und aus und versuchte, den Puls zu beruhigen, der bei solchen Einsätzen fast zwangsläufig beschleunigte. Auf der anderen Seite war alles ruhig und die Hütte lag zwischen den Bäumen gut versteckt. Nur ein kleiner Platz mit Gartenbank war gut einzusehen. Das Frontfenster war zugenagelt. Hinter dem Gartenhaus waren weitere Bäume, fast ein kleines Wäldchen und Gromow konnte die beiden Polizisten erkennen, die sich ebenfalls behutsam anschlichen. Vier trainierte und gut ausgebildete Polizisten oder Ex-Polizisten gegen einen wahrscheinlich unbewaffneten Pauker. Das konnte normalerweise nicht schiefgehen, dachte der Detektiv und schob sich auf eine kleine Lücke in der Hecke zu. Sein Puls beruhigte sich und er spürte Wilhelm hinter sich. Im Ohr hörte er Meyers Stimme, die zu koordinieren versuchte. Er blickte sich gerade um, als die Tür aufging und Grimm mit einer Zigarette in der Hand vor die Tür trat. Er blickte fahrig durch die Gegend und zog kräftig an dem Glimmstängel. Sein Äußeres hatte gelitten und er hatte Ringe unter den Augen. Sein unrasiertes Gesicht wies mehrere Kratzer auf und es schien, als könnte er ein Bein nicht voll belasten. Das karierte Hemd war bis zum Bauchnabel geöffnet und verschmutzt.

»Wir haben Kathrins VW auf dem Parkplatz entdeckt. Sie muss hier sein«, hörte er die Stimme von Scholz in seinem Ohr. »Piepenbring kennt ihr Auto nicht, deswegen ist ihm nur der Audi aufgefallen, aber es ist definitiv ihr Cabrio. Seid vorsichtig!«

Gromow und Wilhelm handelten instinktiv. Als ehemalige Zivilfahnder waren sie geschult, eigenständige Entscheidungen zu treffen und so genügte beiden ein Blick, bevor sie durch das Loch der Hecke stürzten, die Waffen im Anschlag. Grimm war zu verdattert, um zu reagieren. Während Gromow ihn zu Boden warf und er zum zweiten Mal an diesem Tag den Arm schmerzvoll auf den Rücken gedreht bekam, schrie Wilhelm, »Polizei, auf die Knie und keine Bewegung!« Dabei fiel ihm auf, dass der Detektiv schon vollendet hatte, was er gerade forderte. Hinter dem Haus tauchten Piepenbring und Fiedler auf, die ziemlich verschmiert aussahen, und zielten ebenfalls mit gezückten

Pistolen auf den wehrlosen Studienrat, der kräftig fluchte, weil er sich mit seiner Zigarette die Wange verbrannt hatte.

Doch leider ist es nie so einfach, wie man es sich wünscht, schoss Gromow noch durch den Kopf, als er in der Tür van Busche auftauchen sah, die Hände auf dem Rücken, sichtlich gekennzeichnet durch ein bunt gefärbtes Veilchen und mit ihrer eigenen Dienstwaffe am Kopf.

Meyer hatte die Schreie gehört und wartete nun auf die erlösende Nachricht, dass alles unter Kontrolle war, Scholz und Jessen ebenfalls, aber sie kam nicht. Stattdessen hörten sie plötzlich ein »Waffen runter, sonst blase ich eurer hübschen Kollegin den Kopf weg. Lasst Grimm los!« Meyer schluckte, was hatte das zu bedeuten? Waren zwei Männer in der Hütte gewesen? Er riss die Tür auf, verfluchte seinen Rücken, der trotz der Ibu höllisch schmerzte und humpelte Richtung Schrebergarten. Dabei gab er Scholz den Befehl, mit Jessen am Platz zu bleiben.

Vor der Hütte war die Situation extrem angespannt. Gromow, der auf Grimm saß, hielt seinerseits die Makarow an die Schläfe des Lehrers, während Wilhelm und die zwei Polizisten überlegten, ob sie der Aufforderung Folge leisten sollten. Der Mann hinter van Busche schrie erneut und der Detektiv konnte sein Gesicht nicht erkennen, da er sich hinter der Kommissarin hielt, um nicht erschossen zu werden. Eine klassische Patt-Situation, bei der

der Klügere nachgab. Er sah, wie Wilhelm langsam die Pistole senkte und seine beiden Kollegen es ihm nachtaten. Van Busches Augen weiteten sich vor Entsetzen, aber sie konnte nichts sagen, da sie einen Knebel im Mund hatte. Ein undeutliches Stöhnen entrang sich ihrer Kehle und ihr Körper bäumte sich auf. Doch der Mann hinter ihr zeigte sich unerbittlich und schlug ihr mit dem Griff gegen den Schädel. Sie stöhnte erneut und nun hatte Gromow ihn erkannt. Alles ergab einen Sinn. Wie sonst hätte Grimm sein Treiben so durchführen können, wenn selbst schon Schülerinnen darüber sprachen. Eine Krähe hackte der anderen kein Auge aus, dachte er und sah in die kalten Augen von Schulleiter Arnold Rex. Gromow würde nicht aufgeben und Grimm ziehen lassen, niemals, nicht dieses Schwein.

»Ich bringe sie um! Leg' deine scheiß Waffe weg und steh' auf. Ich wiederhole mich ungern«, schrie Rex und fuchtelte mit der Waffe an van Busches Kopf herum.

Gromow dachte an die Zeiten, als Pistolen noch Sicherungshebel hatten, die man vergessen konnte, umzulegen. Aber das war lange her und gab es nur in schlechten Büchern. Er riss Grimm brutal an den Haaren hoch und stand auf. Dabei blieb er genau wie Rex hinter seiner Geisel.

Wilhelm wagte einen Versuch.

»Rex, die Situation ist hoffnungslos für Sie. Sie haben verloren. Legen Sie die Waffe weg und lassen Sie die Kommissarin frei. Wo wollen Sie denn hin?«

Rex' Augen flackerten.

»Es war alles seine Idee. Ich habe damit nichts zu tun. Behaltet ihn meinetwegen ruhig, mich bekommt ihr nicht.«

Gromow war ein guter Schütze und überlegte, ob er das Risiko eingehen sollte, aber er musste an den letzten Fall denken, als Kathrin in den Händen des Asiaten gewesen war und fast ihr Leben verloren hatte. Nein, das Risiko war zu groß. Sie mussten Geduld haben, Rex konnte nicht gewinnen. Grimm war die ganze Zeit still geblieben und wirkte fast apathisch. Sein rechtes Knie knickte immer wieder leicht ein und er schwankte. Gromow packte ihn grob und hielt ihn aufrecht. Dabei blieb die Makarow an seinem Schädel.

Der Direktor schob van Busche langsam aus der Tür in Richtung Plattenweg und Gartenausgang, als Gromow plötzlich hinter ihm einen Schatten auftauchen sah. Er erblickte eine Glasflasche in einer schmalen Hand, die auf dem Kopf des Schulleiters zerplatzte und eine klaffende Wunde hinterließ. Dieser sackte zusammen, ließ die Waffe fallen und schlug mit dem Gesicht auf den Steinplatten auf. Van Busche taumelte zur Seite und gab den Blick auf eine nackte Lotta Abendrot frei, die auf dem Rücken von Rex hockte und wie von Sinnen mit einer Blut überströmten Hand auf ihn einschlug. Dabei schrie sie unverständliche Worte. Piepenbring reagierte am schnellsten und zog die Schülerin von ihrem Rektor, während Wilhelm sich vorsichtig dem am Boden Liegenden näherte. Vom oberen Teil des Gartens kamen Scholz, Jessen und der humpelnde Meyer den schmalen Weg herunter und versuchten, die Situation zu

176

erfassen. Van Busche setzte sich auf die kleine Gartenbank und starrte in die Luft.

Actio gleich Reactio

Horst Lorentzen betrat sein Büro in der Blume und ließ seine Aktentaschen achtlos auf den Sessel fallen. Dann hängte er seine leichte Sommerjacke an die Garderobe, strich sich durch das schüttere graue Haar und machte sich auf die Suche nach van Busche.

Die fand er vor dem Flipchart im Konferenzraum, wo sie die Aufzeichnungen zu dem Fall betrachtete und mit den anderen weitere Fakten zusammentrug.

»Hallo Horst, schön, dass du wieder da bist. Wir hätten dich gerne länger in Frankreich verweilen lassen, aber Brumm und Walther bestanden auf deine Anwesenheit. Der Fall schlägt hohe Wellen. Selbst unsere Bildungsministerin mit ihrem komischen Hund hat schon angerufen, da sie sich um den Ruf ihrer Schulen sorgt.«

»Ist schon okay, ich habe ja bald genug Zeit, mich dem Studium des französischen Weines zu widmen. Ihr hättet ruhig viel früher anrufen können. Was gibt es Neues? Das meiste habe ich schon gelesen.«

»Niels war fleißig und hat so Einiges zusammengetragen. Er kann anhand der Fotos beweisen, das Svenja bei Grimm auf dem Bett gewesen ist. Das Bettzeug dazu hat er auch gefunden, allerdings war es gewaschen und hatte keine weiteren Spuren. Aber es ist auf beiden Bildern gut zu erkennen. Auf seinem Notebook haben wir weitere Fotos sicherstellen können. Zum Glück hatte noch niemand bemerkt, dass Gromow es mitgenommen hatte und so haben wir es zurückgestellt und dann beschlagnahmt. Nicht nur von Lotta und Gina, sondern wohl auch aus seiner Münchener Zeit, wo er ja ein Verhältnis zugeben musste. Die haben wir der Kripo dort zugeleitet. Seine Masche war immer gleich. Töchter von alleinerziehenden Müttern, leichte Bevorzugung in der Schule, charmantes Auftreten, Kurstreffen bei ihm, Angebote für weitere Treffen wie im Geschichtsbuch von Lotta, dann K.O. Tropfen im Wein, kompromittierende Fotos und Erpressung zum Sex. Manches lief wohl zuerst sogar freiwillig, da kamen die Fotos erst später, wenn die Mädchen das Ganze beenden wollten. Käppner redet von der typischen Vater-Ersatz-Suche. Da sind die Mädchen leichte Beute. Selbst Wilhelm hat erzählt, wie die Tochter von Walther mit ihm geflirtet hat. Natürlich sind Lehrer so etwas wie Idole bei den Jugendlichen, zumindest die guten. Da fällt es wohl manchem Pädagogen schwer, eine Grenze zu ziehen. Ich weiß noch, wie ich für meinen Deutschlehrer geschwärmt habe und Gromow hat erzählt, dass ein Mitschüler von ihm mit der Frau seines Sportlehrers durchgebrannt ist. Ach ja, Veronica Grimm ist übrigens auch eine Ex-Schülerin von ihm, das erklärt auch den Altersunterschied.«

»Wieso Mord? Sex ist doch eine Sache, aber jemanden zu töten? Das verstehe ich nicht«, wollte Lorentzen wissen.

»Da sind wir uns nicht sicher, da Lotta noch nicht vernehmungsfähig ist und Grimm sich in Schweigen hüllt. Das Einzige, was er gesagt hat, ist Actio gleich Reactio. Käppner spricht von Zurückweisung durch die Mädchen. Er sah sie als seinen Besitz an. Dann haben sie ihn verletzt, weil sie das Ganze nicht mehr wollten und er hat sie bestraft. Aber das ist nur eine Vermutung. Wir hoffen, dass er noch redet, da wir Schwierigkeiten haben, ihn mit Gina Berg in direkte Verbindung zu bringen. Das Haar, das wir bei Lotta gefunden haben, war jedenfalls von ihm. Da ist also kein Problem und irgendwann wird sie reden, aber Ginas Fall ist bis auf die Fotos schwierig. Die Morde an sich sind bisher nur mit Indizien nachzuweisen. Am besten wäre natürlich ein Geständnis.«

»Was ist mit Rex?«

Van Busche seufzte.

»Der hat alles gedeckt, wusste Bescheid. Er hat sich mit Fotos versorgen lassen und versteckt zugeguckt. Das behauptet er zumindest. Er gibt zu, geholfen zu haben, Lotta zu betäuben. Aber er hatte angeblich nie Sex mit ihnen und streitet jede Mordbeteiligung ab. Am Ende sei Grimm durchgedreht und er habe Lotta retten wollen. Da werden wir wohl mal ihre Aussage abwarten müssen. Heute Nachmittag werden wir versuchen, Grimm auseinanderzunehmen. Vielleicht haben wir ja Erfolg.«

»Was ist mit seinem Auto? War da nichts zu finden?«

»Doch, Spuren von Lotta, aber das war ja klar. Das Auto war genau so sauber wie sein Haus. Er muss nach den Morden die große Säuberung gemacht haben, wenngleich ich den Begriff verabscheue.«

»Und du selbst? Wie geht es dir?«, fragte der Chef einfühlsam.

»Na ja, es ging mir schon besser, aber ich bin froh, dass wir das Schwein erwischt haben und Lotta lebend retten konnten. Natürlich ist meine Solonummer völlig unpassend gewesen. Ich habe nie damit gerechnet, dass sie zu zweit sind. Aber ich weiß, dass es eine lahme Entschuldigung ist und deine Nachfolge kann ich wohl vergessen, zu Recht.«

Van Busche guckte ihren Chef entschuldigend an.

»Ich kann mir vorstellen, dass der Fahndungsdruck enorm war und du einfach eine falsche Entscheidung getroffen hast. Glaubst du etwa, das ist mir nie passiert?«

Die Kommissarin schluckte und zuckte nur mit den Schultern. So war es an Lorentzen, fortzufahren.

»Kathrin, du bist eine gute Ermittlerin. Fehler sind menschlich. Schau dir Wallander an, der macht das in jedem Roman und lernt nicht draus. Mach es beim nächsten Mal besser. Gehe nie ohne Back-up los. Brumm vertraut meinem Urteil und Meyer hat deine Fahndungsleitung sehr gelobt, mach dir keine Sorge. Was ich schade finde, dass Gromow nicht bei uns arbeitet und auch nicht arbeiten will. Er würde gut zu uns passen.«

»Ja, das stimmt, aber Alexei ist, wie er ist und braucht seine Unabhängigkeit. Das System würde ihn seiner Instinkte berauben.«

Alexei Gromow lag in den Armen seiner Kieler Errungenschaft und genoss das Leben. Er war mitten in der Nacht noch zu Maria gefahren und hatte an ihrer Klingel um Einlass gebettelt. Nicht ganz uneigennützig hatte sie ihm das gewährt und so spürte er nun ihre nackte Haut an seiner, während sie leise vor sich hin schnarchte und er das Geschehen rekapitulierte. Letztendlich war wie beim letzten Fall wieder alles gut ausgegangen, wenngleich auch diesmal erneut Glück im Spiel gewesen war. Lottas Fesseln waren gelöst gewesen, da sie kurz vorher ihre Notdurft verrichten musste. Bevor Rex ihr die Kabelbinder wieder anlegen konnte, hörte er den Lärm vor der Hütte und hatte sich Kathrin und ihre Dienstwaffe geschnappt. Dabei hatte er die Schülerin völlig vergessen, die sich schlussendlich auf ihn stürzte und so die Situation zum Guten klären konnte. Er bewunderte sie für ihren Mut, den sie nach dieser ganzen Tortur noch aufbrachte und sich gegen ihre Peiniger stellte. Danach hatte er eine Decke aus der Hütte geholt und sie im Arm gehalten, bis der Krankenwagen kam und sie mitnahm. Kathrins Verhalten konnte er gut verstehen. Er war selbst ungeduldig und eher der einsame Wolf, deswegen fühlte er sich in seiner Rolle als Privatdetektiv auch so wohl. Manchmal vermisste er die Teamarbeit, aber im Grunde seines Herzen genoss er die Unabhängigkeit. Zum Beispiel jetzt gerade, als er am späten Vormittag neben seiner Studentin lag und ihr herrlichen Rundungen und ihr welliges, langes rotes Haar bewunderte. Carpe diem, dachte er und begann, ihren Busen sanft zu küssen und sie damit zu wecken.

Kathrin van Busche saß mit Sven-Uwe Wilhelm im Vernehmungszimmer. Sie warteten auf Dr. Steffen Grimm, in der

Hoffnung, alle offenen Fragen zu klären. Lotta würde noch eine Weile nicht aussagen können und gerne würden sie es ihr auch ersparen, so gut es ginge.

Lorentzen trat ohne zu klopfen ein und guckte die beiden Ermittler sorgenvoll an.

»Horst, was ist, warum schaust du so komisch?«, fragte van Busche sofort.

»Grimm ist tot. Er hat in der Untersuchungshaft Selbstmord begangen, das ist los. Ihr werdet auf eure Fragen keine Antworten mehr bekommen.«

»Scheiße, wie ist das möglich? Ich denke, die werden überwacht und man hat keine Möglichkeit dazu«, fluchte Wilhelm.

»Er hat sein Shirt in ganz kleine Streifen gerissen, sie zu einer Kordel verdreht, sie sich um den Hals gelegt und zugedreht. Dabei hatte er eine Schlaufe um die Handgelenke. Die hat er sich wohl kurz vor der Bewusstlosigkeit unter den Beinen nach hinten gerissen, so dass es kein Zurück mehr gab. Er ist qualvoll erstickt. Der Fall ist abgeschlossen. Walther erwartet deinen Bericht, Kathrin.«

Van Busche guckte ihren Chef mit einer Mischung aus Enttäuschung und Entsetzen an.

»So ein scheiß Feigling. Dieses miese gestörte Etwas. Selbst im Tod ist er zu feige, um sich mit uns auseinanderzusetzen. Das kotzt mich so an!«

Wilhelm schaute genau so verwundert wie Lorentzen ob des gezeigten Wutausbruches der Kommissarin.

»Sieh es positiv, Kathrin. Es erspart Lotta und den Familien einen ekeligen Prozess, der zu viel öffentlichem Leid geführt hätte.«

»Ja, ja, ich weiß, aber ich wollte diesem Schwein noch einmal in die Augen gucken und seine Aussage hören. Ich wollte ihm mit dem unendlichen Leid konfrontieren, welches er über die Angehörigen gebracht hat, ich wollte ihm die ungelebten Leben der jungen Mädchen aufzeigen, die er zerstört hat.« Tränen der Wut und Traurigkeit liefen ihr über die Wangen, als sie an die ganzen nicht verwirklichten Träume von Svenja und Gina und an die traumatisierte Lotta dachte. Van Busche stand auf, schritt aus dem Raum, knallte die Tür zu und ließ einen sprachlosen Chef und einen ebenso verwunderten Kollegen zurück.

Epilog

Kathrin van Busche und Alexei Gromow trafen sich zu einem abschließenden Mittagessen im Vapiano an der Kieler Hörnbrücke. Zwar gehörte der Laden nicht zu Gromows Favoriten, aber es gab eine gute Pizza und er lag günstig für das, was er auf dem Heimweg noch vorhatte. Sein Mazda parkte im CAP, einem der schlechtesten Parkhäuser, die er kannte. Er kam direkt von Silvia Timmerman, wo er den Abschlussbericht vorgelegt hatte und sie feststellen musste, dass auch ein weiterer Toter ihr die Tochter nicht ersetzen konnte und der Schmerz blieb. Sie hatten kurz über die letzten Fakten gesprochen, dann hatte sie seine Rechnung bar beglichen und er hatte sich verabschiedet. Zumindest war endlich ihr Ex-Mann aufgetaucht und sie schienen sich gegenseitig zu trösten.

Nach der Begrüßung hatten er und van Busche jeweils eine Pizza bestellt und warteten nun schweigend auf ihr Essen, den dämlichen Buzzer zwischen sich auf dem Tisch. Die Kommissarin nuckelte missmutig an ihrem Milchkaffee, während er sich an einem Hefeweizen gütlich tat. Ihre Laune war im Keller und Gromow hielt sich ausnahmsweise mal mit blöden Sprüchen zurück.

»Ich fasse es immer noch nicht, dass das blöde Schwein sich umgebracht hat. Wie kann man so feige sein?«

Gromow blickte sie aus seinen blauen Augen mitfühlend an und erwiderte, »Wir werden solche Menschen nie wirklich verstehen, Kathrin. Vielleicht ist es wirklich besser so. Oder möchtest du dir Lotta und Grimm in einem vollen Gerichtssaal vorstellen?«

»Nein, natürlich nicht. Das wird ihr wohl tatsächlich erspart bleiben. Rex gibt alles zu, was wir ihm nachweisen können und bestreitet alles, wo wir ihre Aussage bräuchten. Das Bildungsministerium macht Druck aufs Innenministerium und Walther und Brumm wollen den Fall abgeschlossen haben. Grimm bekommt die Hauptschuld, Rex gerade mal Beihilfe zur Entführung. Man will den Skandal so klein wie möglich halten. Mörder tot, Fall geschlossen. So ist es doch immer. Allerdings sagen die Ärzte auch, dass es für Lotta auf jeden Fall besser so ist. Käppner hat übrigens Recht gehabt. Grimms Vater kam bei einem Autounfall um, als sein Sohn zwei Jahre alt war. Seine Mutter hat ihn alleine aufgezogen. Ich frage mich nur, ob noch mehr von den Kollegen beteiligt waren? Vom Laptop Grimms wurden jedenfalls diverse Mails mit Anhängen verschickt. Er war wohl aber ziemlich geschickt, benutzte immer das Tor-Netzwerk, löschte die Mails gleich. Hinrichs bezweifelt, dass sie noch viel herausfinden können. Alexei, wenn es an einer Schule läuft, dann doch bestimmt auch an anderen. Wie hoch mag die Dunkelziffer sein?«

»Natürlich kann das sein. Aber du musst auch an die vielen tausend Lehrer denken, die einen guten Job machen und sich in einer komplexen Welt mit vielen schwierigen Schülern herumärgern müssen, da unsere Gesellschaft nicht mehr so funktioniert wie früher. Kein familiäres Netzwerk, hohe Scheidungsquoten, Arbeitslosigkeit, mediale Quantensprüngen. Es ist einfach, auf den Schulen rumzuhacken, aber tauschen möchte auch niemand. Ich glaube nicht, dass es eine hohe Dunkelziffer gibt. Schwärmereien ja, das gehört auch zum Erwachsenwerden dazu, aber Sex, nein. Grimm war ein Einzelfall.«

»Na ja, dein Wort in Gottes Ohr, wie meine Mutter immer sagt. Ich werde mir Nicks Lehrer jedenfalls ganz genau angucken.«

Gromow musste grinsen und er sah, wie ihr Ärger langsam verrauchte. Der Buzzer machte sein Geräusch und er holte ganz Gentleman die beiden Pizzen.

Nach einer kurzen, aber herzlichen Verabschiedung guckte er ihr noch nach, wie sie auf ihrem Rennrad wieder in Richtung »Blume« radelte und machte sich auf den Weg zum Auto. Zehn Minuten später hielt er erneut in der Braunstraße, diesmal allerdings direkt im Carport, da der A6 mit Sicherheit heute nicht nach Hause kommen würde. Der stand bei der Polizei. Der braune Mini zeigte ihm an, dass die Besitzerin nicht unterwegs war und so stieg er aus, ging zum Eingang und klingelte. Veronica Grimm öffnete ihm erstaunt die Tür.

»Was wollen Sie denn hier?«, fragte sie dann auch etwas verwundert. Diesmal trug sie eine Jeans und ein rotes Top, die langen Haare zu einem Zopf gebunden und nur wenig Schminke. Trotz der Bräune wirkte sie ein wenig blass, was ihn nicht verwunderte. Van Busche hatte sie über seine Rolle in dem Fall aufgeklärt, aber wahrscheinlich hatte sie ihm die Lüge nicht verziehen.

»Ich habe noch ein paar Fragen, für die ich keine Antworten gefunden habe. Das würde ich ungern hier an der Tür besprechen«, entgegnete Gromow und machte einen Schritt nach vorne. Mit einem Achselzucken gab sie ihren inneren Widerstand auf und ließ ihn herein. Sie gingen ins Wohnzimmer, wo er die notdürftig reparierte Terrassentür sah.

Sie registrierte seinen Blick.

»Bisher kann sich niemand einen Reim darauf machen, warum die Tür kaputt ist. Es wurde bis auf eine kleine Sofadecke nichts gestohlen. Vielleicht war es ein Einbrecher, der gestört wurde. Aber ich habe andere Sorgen.«

Gromow wich ihrem Blick aus, schließlich lag die Decke in seinem Kofferraum und wartete auf ihre Entsorgung.

»Tja, war wohl ein dummer Zufall.«

Er überlegte kurz, wie er fortfahren sollte und entschied sich dann für die direkte Methode.

»Für die Polizei ist der Fall abgeschlossen, ihr Mann ist der Mörder von zwei Mädchen und er hat ein drittes entführt und misshandelt. Rex war sein Helfer, weitere Personen konnten nicht ermittelt werden. Ich frage mich, wie das alles geschehen konnte, ohne dass Sie etwas davon mitbekommen haben. Es hat hier im Haus stattgefunden«, sagte er ohne jedes Mitgefühl. »Das macht mich doch etwas stutzig.«

Veronica Grimm stieg die Zornesröte ins Gesicht.

»Sie wissen genau, dass ich als Pharmareferentin fast jede Woche unterwegs war. Woher sollte ich also wissen, was das Schwein hier so trieb?«, fauchte sie ihn an.

Gromow blieb ganz ruhig und holte langsam die zwei gefalteten Zettel, die er vom Nachbarn bekommen hatte, aus seiner Segeljacke und legte sie vor ihr auf den Tisch.

»Was ist das?«, raunzte sie.

»Das ist aus dem Notizbuch ihres alten Nachbarn. Er hält sich mit Beobachtungen geistig fit, wie er sagt. Ich lese es Ihnen gerne vor.« Gromow entfaltete die Zettel.

»Den Vormittag lasse ich mal weg und beginne mit der Mittagszeit.

13:30 Uhr - Grimm kommt nach Hause.

14:17 Uhr – Der blaue Mercedes fährt wie immer viel zu schnell.

14:55 Uhr – Reisebus hält vor dem Sporthotel.

15:26 Uhr – Der Linienbus hat zwei Minuten Verspätung.

15:44 Uhr – Frau Lornsen spaziert mit Hund und Kinderwagen vorbei, wahrscheinlich macht ihr Hund wieder auf den Weg und sie es nicht weg.

16:30 Uhr Grimm, der Muffelkopp, fährt wieder weg.

Na ja, so geht es noch weiter. Ihr Nachbar hat wohl viel Zeit. Interessant wird es erst wieder um 19:55 Uhr – fertig mit dem Abendessen. Grimm ist wohl in der Zwischenzeit nach Hause gekommen, sein Audi steht im Carport.

20:45 Uhr – Grimm geht joggen.

Soll ich weitermachen?«

Veronica Grimm saß wie erstarrt da und war zu keiner Regung fähig. Sämtlich Restfarbe war nun aus ihrem sonst so

189

hübschen Gesicht gewichen. Sie sah aus, als hätte sie ein Gespenst gesehen.

Gromow blickte wieder auf den Zettel und machte unerschrocken weiter.

»20:50 Uhr – zurück von der Toilette, die Prostata bringt mich noch um. Veronicas Mini steht im Carport. Sie muss gerade gekommen sein.

21:00 Uhr – Schluss für heute.

Ich wette, wenn er weitergemacht hätte, stünde da: 00:30 Uhr - Veronica und Dr. Steffen Grimm entsorgen Leiche oder so ähnlich.«

Er faltete die Zettel wieder zusammen und ließ sie in seiner Innentasche verschwinden.

»Ich habe den Tag gestern genutzt, ein bisschen telefoniert und ein paar Besuche gemacht. Sie waren tatsächlich auf Geschäftsreise in Hamburg, nicht gerade weit weg. Drei Tage Pharmakongress im CCH. Sie haben nicht den Dienstwagen genommen, wie ich für 50 Euro von Ihrem Pförtner erfahren konnte. Das Zimmermädchen im InterCityHotel am Dammtorbahnhof schwört, dass Sie ihr Bett in dieser Nacht nicht benutzt haben. Ich vermute also Folgendes. Sie wussten schon länger von den Eskapaden Ihres Mannes, schließlich sind Sie selbst einmal auf ihn hereingefallen. Ihnen fehlte der Beweis. Sie haben die Veranstaltung in Hamburg genutzt, um einen Abstecher zurück nach Kiel zu machen und Ihren Mann in flagranti zu erwischen. Aber Sie waren wohl ein paar Minuten zu spät. Ihr Mann war joggen und Sie fanden ein junges Mädchen in Ihrer Badewanne. Da sind Sie durchgedreht und haben sie ertränkt. Leider

190

haben Sie nicht das ganze Ausmaß seiner Schweinereien erkannt und gingen von einer Nebenbuhlerin aus. Damit haben sie ungewollt die ganze weitere Katastrophe in Gang gesetzt. Ihnen beiden blieb gar nichts anderes übrig, als die Leiche gemeinsam zu beseitigen.«

Gromow lehnte sich auf dem weißen Ledersofa zurück und blickte ihr direkt in die Augen. Sie zitterte und schluckte nach Luft. Schließlich fand sie ihre Sprache wieder.

»Ich habe ihn geliebt, wirklich geliebt. Er kam zu uns an die Schule in Stuttgart, einem konservativen Gymnasium im besten Viertel. Er war jung, er war aufregend. Er hatte Verständnis und konnte zuhören. Ich habe mich sofort in ihn verliebt. Ein Jahr nach meinem Abitur haben wir geheiratet. Selbst meine Eltern waren nach anfänglicher Skepsis überzeugt von ihm. Er machte noch seinen Doktor in Geschichte. Dann gab es erste Gerüchte und wir gingen nach München. Eine berufliche Verbesserung, sagte er. Auch dort gab es nach kurzer Zeit Gerede und irgendwann eine Anzeige. Er hatte mit einer Oberstufenschülerin geschlafen. Bevor es vor Gericht ging, bekam er die Stelle hier in Kiel und die Anzeige wurde zurückgezogen. Er versicherte mir, dass es eine einmalige Sache gewesen sei und eine Zeit lang lief auch alles gut. Steffen konzentrierte sich auf seine Arbeit und unsere Ehe lief prima. Wir versuchten, ein Kind zu bekommen, was aber nicht klappte. Ich weiß nicht warum. Er gab mir die Schuld und blieb immer länger in der Schule. Ich stürzte mich weiter in die Arbeit, wechselte vom Büro in den Außendienst. Irgendwann fand ich eine Damenunterhose. Er behauptete, es sei meine und dass ich es wohl vergessen habe. Als ob ich nicht wüsste, was für Unterhosen ich trage. Alles ging wieder von vorne los. Klassentreffen bei uns, Kneipenabende in Kiel. Immer wenn ich weg war. Aber ich konnte nichts beweisen. Er stritt alles ab, schlief aber auch nicht mehr mit mir. Sie haben Recht. Ich wollte ihn erwischen und nutzte tatsächlich die Konferenz, um nach Kiel zu fahren. Ich schlich mich leise ins Haus, um ihn zu erwischen. Allerdings war das Schlafzimmer leer, es roch noch nach Sex. Als ich dann Geräusche aus dem Badezimmer hörte, schlich ich weiter und sah sie dann dort liegen, so friedlich. Bei mir sind alle Sicherungen durchgebrannt. Ich war wahnsinnig vor Eifersucht und habe sie ertränkt. Woher sollte ich denn wissen, dass alles ganz anders war und er die Mädchen erpresst hat?! Oh Gott, es tut mir so leid. Was habe ich nur angerichtet?«

Schluchzend sackte sie auf dem großen Sofa zusammen und für einen kleinen Augenblick wirkte sie vollkommen verloren.

»Was haben Sie mit der Leiche gemacht?«

Sie schaute mühsam zu ihm rüber.

»Wir haben sie in die Gefriertruhe gelegt. Aber dann hielt Steffen es für besser, sie zu beseitigen und hat sie in den Kanal geworfen.«

Gromow schluckte sein Mitleid runter und stand langsam auf.

»Es hätte mit Sicherheit auch andere Lösungen gegeben. Trennung, Therapie, was weiß ich. Wir leben nicht mehr im 19. Jahrhundert, wo Frauen alles von ihren Männern hinnehmen mussten. Heutzutage gibt es Lösungen. Sie haben einen Job, eine Familie, Freunde. Warum also bei ihm bleiben? Meine Güte, warum belügen so viele Frauen sich immer wieder selbst und kehren den Schweinen nicht den Rücken zu? Hat die ganzen Emanzipation denn außer einer unsinnigen Frauenquote in Politik und Wirtschaft nichts gebracht?«

Er drehte sich um und ging langsam zur Tür. Im Hintergrund hörte er Veronica Grimm zwischen ihren Schluchzern noch rufen, »Sie haben wahrscheinlich nie geliebt und wissen gar nicht, wie es ist, betrogen zu werden!«

Die schwere Eingangstür schloss sich mit einem leisen Klicken und Gromow dachte nur, wenn Liebe so viel Unglück bringt, dann möchte ich gar nicht lieben.

Bevor er ins Auto stieg, blickte er noch einmal zu dem Reihenhaus zurück, fischte sein Handy aus der Seitentasche und tippte Kathrins Nummer ein.

Anmerkungen

Dieses Buch ist ein Roman. Es gibt kein Kieler Gymnasium, an dem sich auch nur Ähnliches zugetragen hat. Aus diesem Grund haben wir auch auf eine genaue Beschreibung des Gebäudes und einen Schulnamen verzichtet. Die gesamte Handlung entstammt unserer Phantasie, wenngleich es leider im Erziehungs- und Bildungsbereich schon zu Übergriffen gekommen ist.

Sollte sich jemand in dem Roman wiedererkennen, dann haben wir vorher die Erlaubnis dafür eingeholt. Ansonsten spielt die Geschichte an Originalschauplätzen, wobei wir uns kleine Änderungen erlaubt haben. Aber es gibt zum Beispiel die Gartenhütte in Plön oder das Haus in der Braunstraße. Sollte sich einer meiner Lehrerkollegen auf den Schlips getreten fühlen, so sage ich schon mal in weiser Voraussicht »mea culpa«.

Wir bedanken uns bei allen Personen, die uns ermutigt haben, die Geschichte von Kathrin van Busche und Alexei Gromow weiterzuschreiben. Ihr hattet Recht, sie haben es verdient!

Gerne würden wir auch unserer Quelle bei der Kieler Polizei danken, die aber nicht genannt werden möchte.

Ulli hat hoffentlich die meisten Fehler gefunden, die wir beide so fabriziert haben. Auch dafür ein Danke!

Von Rüdiger Fröhlich und Jörn Hinrichsen ist bereits erschienen:

Drei tote Studenten in einer Kieler WG, darunter ein Supertalent vom THW Kiel, ein zwielichtiger weiterer Mitbewohner. Was hat das zu bedeuten? Die Kommissarin Kathrin van Busche steht vor einem Rätsel, als sie plötzlich Verstärkung vom Pinneberger Detektiv Alexei Gromow erhält. Gemeinsam gehen sie auf die Jagd nach einem skrupellosen Mörder.

„Da haben die beiden Autoren einen spannenden Krimi „ausgepackt". Weltumspannend, heimatverliebt und quer durch die Gesellschaft führt der Krimi seine Leser in die Welt von brutalen Betrügern, trotteligen Polizisten, schlauen Ermittlern und manchem Zufall, der am Ende sogar zur Lösung beiträgt..."
(Michael Kuhr, SHZ)

Von Rüdiger Fröhlich sind bei BoD bereits erschienen:

»Rüdiger Fröhlich hat mit "Die Beute Mensch" seinen zweiten Kiel-Krimi vorgelegt. Der Journalist beschert seiner Kommissarin Kathrin von Busche eine böse Überraschung. « *(Kieler Nachrichten)*

»Der Code des Lebens ist ein waschechter Kiel-Krimi. Fröhlich versteht es, Spannung zu erzeugen und zu erhalten.« *(NDR 1 Welle Nord)*

»Ein spannender Krimi mit einer großen Portion Lokalkolorit, der dazu animiert auf den Spuren der jungen Kommissarin durch die Heimatstadt zu radeln. Es macht Spaß, vieles Vertrautes ohne Verfälschungen wie im TV wieder zu finden. Ein Muss für Krimi-Freunde und Kiel-Fans.« *(KIELerLEBEN – Schleswig-Holsteins Hauptstadtmagazin)*

»Das bedeutet Spannung pur - nicht nur für den einheimischen Leser. « *(Takt - die Bahn in Ihrer Region)*

»Holstein-Kiel-Fans haben einen neues Lieblingsbuch.« *(kiel-magazin.de)*

»Kieler bzw. Kielkenner finden sich an jeder Ecke wieder. « (Hanfblatt)